講談社文庫

夫のちんぽが入らない

こだま

講談社

夫のちんぽが入らない

目次

いきなりだが、夫のちんぽが入らない。本気で言っている。交際期間も含めて二十年、この「ちんぽが入らない」問題は、私たちをじわじわと苦しめてきた。周囲の人間に話したことはない。こんなこと軽々しく言えやしない。

何も知らない母は「結婚して何年も経つのに子供ができないのはおかしい。一度病院で診てもらいなさい。そういう夫婦は珍しくないし、恥ずかしいことじゃないんだから」と言う。けれど、私は「ちんぽが入らないのです」と嘆《なげ》く夫婦をいまだかつて見たことがない。医師は私に言うのだろうか。「ちんぽが入らない？　奥さん、よくあることですよ」と。そんなことを相談するくらいなら、押し黙ったまま老いていきたい。子供もいらない。ちんぽが入らない私たちは、兄妹のように、あるいは植物のように、ひっそりと生きていくことを選んだ。

Ⅰ 春陽

田畑の根雪もようやく解け始めた三月の終わり、高校を卒業した私は進学のため、生まれ育った最果ての集落を離れた。「浪人させる余裕はないから、落ちたら就職しなさい」と両親に言われ続け、なんとか引っ掛かった第三志望の大学だった。

いつか友人や恋人に惜しまれながら故郷を去る日がくるのだろう。子供のころ、「その日」を思い浮かべて悲しんだりうっとりしたりしていたけれど、現実は両親と私だけの、実に淡々とした引っ越しだった。

衣類や食器といった必要最低限のものを詰めたダンボール箱が四箱だけ。「じいちゃんの葬式の仕出し弁当だってもっと多かった」と母に呆れられながら、車のトランクに押し込んだ。

物心ついたころから人と関わることが苦痛だった。小学校では誰かと目が合うだけで極度に緊張し、赤面し、どもり、最後には黙り込んだ。友達の話の輪に交ざりたい気持ちはあるのに、いざ勇気を出してそこへ踏み込むと、しどろもどろになる。今の私はたいそう醜《みにく》い姿を晒《さら》しているのだろうと想像すると、さらに赤面して何も言えなくなってしまう。

高学年に上がると、登校前に激しい腹痛を引き起こすようになった。そのことを母に相談すると「おまえは心が弱い、神経症だなんて情けない」と心配されるどころか逆にきつく叱られたので、以後二度と口にしなかった。仕方なくお年玉やお小遣いでこっそり正露丸《せいろがん》を買っていた。それは小学生にとってかなり高価なものだった。畑の泥を丸めたような、少しやわらかくて苦い玉を飲むと、下痢や胸のどきどきが一時的に治まるのだが、一時間目の授業が始まるころには再び激痛に襲われる。自分は何か重い病気ではないか。そう悩んでいたけれど、誰にも打ち明けることはできなかった。人と話をするという、それ自体が大変勇気のいることなのに、心の内をさらけ出すにはさらに己を奮い立たせなければいけない。緊張しないでふつうに人と話せるようになりたい。中学生になったら、高校に入ったら、いつか。

そう祈りながら、気が付けば十八歳になっていた。

この集落に思い残すことはなかった。顔見知りだけで構成される、この狭い世界を出て、一からやり直したい。知り合いのいない新しい環境で自分を変えたい。雪に覆われた山と荒地。そんな単調な景色に目をやりながら、私は心に決めていた。

函館港からフェリーに乗って津軽海峡を渡り、父の運転で東北のとある地方都市に着いた。駅の周辺には居酒屋の入ったビルや映画館などが立ち並び、とても賑わっていたが、そこから少し車を走らせると、あたり一面に水田が広がっていた。とてものどかな町だ。けれども、レンタルビデオとツナ缶と少年ジャンプと白菜が同じ棚に陳列されている廃業寸前の商店しかない集落育ちの私には、充分都会に映った。

大学そばのリサイクルショップでテレビと冷蔵庫と洗濯機を探した。店内には歩く隙間がないほど商品が積み上げられている。その薄汚れた家電の山の前で真剣に品定めする両親を目にした瞬間、幾度となく繰り返されてきた「浪人させる余裕はない」という一言が脅しなんかではなく本心から出たものだとわかり、胸が押し潰されそうになった。
父は職場の人員削減に伴い、給料のうんと下がる関連会社へ転職したばかりだった。私の下には高校生と小学生の妹がいる。親の年収がどれくらいで、それは世間からみてどれほどの厳しさなのか。そんな込み入った事情はわからなかったけれど、家計が窮屈になってゆくなか、この進学やひとり暮らしが歓迎されていないという現実をはっきり突きつけられた気がした。

新居は大学から徒歩五分のところにあった。双葉荘《ふたばそう》という古風な名をしたそのアパートは学生向けの住まいの中でいちばん安い部屋だった。住む場所へのこだわりはまったくなかった。管理人のおばあさんは、電話で問い合わせた私に、光熱費や管理費、敷金とはどういうものか、時間を割いて、ひとつひとつ丁寧に説明してくれた。世の中のことを何も知らない山奥の子供をばかにしたり、せかしたりすることなく、「あとは、おうちの人と相談してごらん」と言った。その声も話し方も親切なところも、同居していた父方の祖母によく似ていた。祖母も東北の生まれだった。だから言葉の抑揚が似ているのかもしれない。この管理人のおばあさんが同じ屋根の下にいるのなら、ここに住みたい。間違いない。その直感を信じて即決した。

双葉荘は古いアパートが立ち並ぶ路地の行き止まりに立っている。外壁を見上げると、一階から二階にかけて、まるで雷に打たれたような亀裂が入っていた。そのひび割れをセメントで補修した跡もある。稲妻《いなずま》封じの双葉荘。脆さよりも、逞しさが感じられた。

「本当にこんなところで大丈夫なのか」と両親に訊かれた。もちろん。私は過干渉でヒステリックな母親、そして集落の閉鎖的な人間関係から早く解放されたかった。静かに心穏やかな生活を送れるのなら、どんな部屋でも構わなかった。

管理人のおばあさんは電話の印象通り、物腰のやわらかな人だった。耳の下でふんわりと巻いた白い髪がよく似合っている。

キッチン付きのワンルーム。玄関とトイレとシャワーは共有。昼間なのに廊下は薄暗く、じめっとしていた。スリッパ履きのせいか、古びた旅館を案内されているような気分になった。この年季の入ったアパートを選んだ新入生は私だけらしい。二十部屋のうち半分近くが空室だという。

志望する大学に行けなかったこと、双葉荘の管理人が祖母の声によく似ていたこと。悪いことといいことが重なって、たまたま選んだアパートの一室が、その後の自分の人生に大きな影響を与えるなんて思いもよらなかった。

私は入居した日に最初に声を掛けてくれた青年と、のちに結婚することになる。その人は同じアパートの住人だった。

新居に荷物を運び終えた夜、ホームセンターで買ったカラーボックスを組み立てていると、不用心にも半開きになっていたドアの隙間から、痩せた男性がひょいと顔を覗かせた。このアパートの人だろうか。そういえば私はまだ誰にも挨拶をしていなかった。礼儀知らずな女だと思われたかもしれない。慌てて立ち上がろうとしたそのとき、彼は何の躊躇《ちゅうちょ》もなく、ずんずんと私の部屋に踏み入ってきた。

「おう、だいぶ片付いたようだな」

まるで親戚のおじさんみたいに親しげな口調で言った。なんだろう、この人は。自己紹介をしたほうがいいだろうか。言葉を失う私をよそに、彼の視線は作りかけのカラーボックスに留まった。そして、私の手からさっと板を奪うと、何も言わずにネジを回し始めた。呆然とした。立ち尽くすしかない。他人に、まして初対面の相手に、これほど簡単に距離を縮められたことはなかった。親切にしたいとか好ましく思われたいといった下心とはまた違う気がする。珍しい虫がいたのでちょっと手を伸ばしてみた。そんな自然な動きに見えた。そうして、彼は作業員のような無駄のない手つきで、あっという間にカラーボックスを完成させてしまった。

彼はふと我に返り、尋ねた。

「うちの大学の人？」

「はい、一年生です」

ここの住人はみな同じ大学だからすぐ仲良くなれるよ、と管理人のおばあさんから聞いていた。

「俺は二年。じゃあ使わなくなった教科書あげるよ。授業で強制的に買わせられるやつ」

そう言うや否や彼は部屋を飛び出し、心理学や教育法規などの分厚い本を何冊も抱えて戻ってきた。何もかもがいきなりだ。気後れする私の目の前にそれらを並べて言った。

「いらなくなったら売るといい。学校の前に古本屋があるから。俺は全部そこで買った」

どれも数千円する高価な専門書だった。

「本買うだけでお金なくなっちゃいますね」

「こんなのは人から譲ってもらえばいいんだよ」

家電はリサイクルショップ、専門書は先輩のおさがり。私の新生活は、前の持ち主の暮らしをなぞるようにして始まるのだ。中古品の山に埋もれる両親を目にしたときの申し訳ない気持ちはずいぶんと薄れ、浮き足立っている自分がいた。

彼はあぐらをかいて、部屋の中央にどかっと腰を下ろした。もう二十三時を回っているが、まだいるつもりらしい。大学生というのは、こんなふうに他人の時間や領域に遠慮がないのだろうか。私の集落には大学生がひとりもいなかったので、わからない。初対面の人にいきなり踏み込まれることにもまったく慣れていない。これまで親しい友人がひとりもいなかったから、人との距離をつかめずにいる。わからないことだらけだ。

動揺する私に構わず、彼は勝手に段ボール箱を開けていた。中を覗いている。ついでに冷蔵庫の上下の扉を開けて中身を物色し、断りもなくペットボトルのお茶を飲み始めた。なんて無遠慮で自由なのだ。これが大学生というものなのか。今度はリモコンを探してテレビをつけた。なんなの。なぜこんなに自由でいられるの。ふつうにスポーツニュースに見入っている。ヤクルトのファンらしい。

この人、完全にくつろいじゃってる。

彼のスウェットの胸元には「No problem」と書いてあった。どう見ても問題しか起きていない。

まだ苗字しか訊いていない、出会って一時間そこらの人。そんなほぼ知らない人が、私の部屋に、私よりも先に馴染んでいた。主のように違和感なく納まっている。私は陣地を引っ掻き回されているにもかかわらず、不思議と嫌な感情は湧いてこなかった。

この分だとしばらく帰らないだろう。そう思いながら、特に興味のない野球やサッカーの結果を眺めていたら、ニュースの終了とともに「じゃあ」と立ち上がった。

もう帰るの。

そう言ってしまいそうになった自分に驚いた。

何か話さないと出て行ってしまう。

同じアパートなのだし、これからも顔を合わせる間柄なのだから焦る必要なんてないはずなのに、人と疎遠でいる時間が長すぎた私には、これが今生の別れのように思えた。私が、ださくてつまらない人間だと思われるのも時間の問題である。いや、すでに思われているだろうか。もう二度と話をしてもらえないかもしれない。

「この辺にスーパーありますか？　普段どこで買い物してるんですか？」

私は咄嗟にどうでもよいことを口走ってしまった。スーパーくらい自分で探せるし、ぶらりと歩いてお気に入りの場所を増やしてゆくつもりだった。少し考えればわかることをわざわざ尋ねるなんて愚かしい。無理に引き止めようとしている自分が薄気味悪かった。

「じゃあ明日連れてくよ」

彼は私の葛藤になど気付く素振りもなく、あっさり承諾してくれた。そして、挨拶もなく部屋を出て行った。私は呆気に取られながら、その背中を見送った。

まだいてくれてもよかったのに。

私の頭と、荷物を解く手は、そこで完全に停止してしまった。

忘れないうちにその容姿を思い返してみる。黒髪で、猫背で、八重歯があった。

それ以外はおぼろげだ。まっすぐ顔を見ることができなかったのだ。

二つ隣の部屋、壁の向こうの向こうにあの人の生活がある。同じ屋根の下に住んでいる。同じ玄関とトイレを使う。これってもう一緒に暮らしているも同然ではないか。そんなことを考え始めると妙にそわそわして落ち着かない。無意味に狭い部屋の中を行ったり来たりしながら、すごいことが起きてしまった、私にはとてもすごいことだ、と呟いた。

ひとり暮らし一日目の夜は、なかなか眠れなかった。


翌朝、彼は約束通り迎えに来た。

意外だった。ふらりと現れて急に帰る、そんな気まぐれな人に見えたので、期待しないようにしていたのだ。口約束を真に受けてずっと待っていたら、あれは社交辞令だよ、信じるなんて重いよ、と同級生にたしなめられたことが一度や二度ではなかったから、私は「その場をまるく収める仕組み」があることを学習していた。勝手に期待して、勝手に落ち込むのは、みじめで悲しいことだった。

彼はきのうと同じ「No problem」のスヴェットを着ていた。かなりお気に入りなのか、袖口に毛玉がたくさん付いている。

「本当に来てくれると思いませんでした」

「大げさじゃない？　ただの買い物でしょ」

「人と買い物とかしたことがなくて」

「これまでどういう生活してきたんだよ」

私の故郷にはスーパーも書店もないのです。

その一言は飲み込んだ。

田舎で生まれ育ったことを恥ずかしく思っていた。できれば隠しておきたかった。あそこの家の借金をいくら肩代わりしたとか、フィリピンパブの女に何十万貢いだとか、誰と誰が付き合ってるだの、こじれただの、口を開けば金と男女の噂ばかり。集落ではそんな猥雑な情報が筒抜けだった。でも、どんなに抗ってみたところで私もその一部であることに変わりない。そう思うと、たまらない気持ちになる。

車一台がやっと通れるくらいの狭く長い坂道をのぼってゆく。彼の背中を追い、路肩に寄せられた残雪を飛び越える。その緩やかな傾斜の道沿いにはアパートが立ち並んでいた。

「このあたりは学生ばかりだよ。こういうとこに住めばよかったのに。ちゃんと風呂も付いてるし」

「いえ、私はあの部屋が気に入りましたので」

「あんなぼろいのに？　変なやつだ」

この風呂付きアパートを選んでいたら、彼とスーパーを目指して坂をのぼる未来は訪れなかったのだ。私は間違っていない。そう確信していた。

そのスーパーは坂のいちばん上にあった。衣料品店や書店の入った大きな店構えだ。私は食料品コーナーに足を向けた。サラダ油に醬油《しょうゆ》、砂糖、塩。新生活に必要なものを次々と買い物かごに放り込んでいった。彼はカートを押し、私の選んだ商品をいちいち冷やかしながらついてくる。

不意に出身地を尋ねられたのは、そのときだった。言いたくなかった。けれど、大学の授業が始まれば訊かれる機会も多いだろう。私はさんざん渋った挙句に白状した。

「くっそくっそくっそ田舎のくっそ田舎者じゃん」

彼はひきつけを起こした山猿のように、きっきっきと腹を抱えた。

「あそこって人住めるんだ」

「だから言いたくなかったんです」

「そうか、くそ田舎からのこのこ出てきてしまったか。信号って見たことある？　コンビニ入ったことある？　マック知ってる？　エレベーターひとりで乗れる？　芸能人見たことある？」

関西に生まれ、全国各地を転々としてきた彼は、目を輝かせて矢継ぎ早にからかった。小学生みたいなしつこさだ。やはり教えるべきではなかったか。以後気を付けよう。

集落に信号は一基あるが、コンビニは一軒もない。マクドナルドにいたっては入ったことすらない。エレベーターは大丈夫だと思うけれど、絶対かと問われたら自信はない。だが、公園の日陰で足を伸ばして休む小錦を見たことがある。そう、小錦を見た。

私は終わっている。彼や、これから出会う大学の人たちと見てきたものが違いすぎる。学校でみんなの話題についていけるだろうか。わかった振りをして、恥ずかしい思いをするのではないか。早くこちらの生活に馴染んで、笑われないようにしたい。

音楽や映画、おしゃれ、食べ物、遊び、あらゆる文化に触れてこなかった十八年は、あまりにも長かった。どんなに背伸びをしても埋めることのできない格差を思うと気が塞いでいった。

重なり合う屋根を見下ろしながら坂道を下る。沈みゆく私とは対照的に、彼はスーパーの袋をぶんぶん振り回しながら大股で陽気に歩いている。

「ここがいちばん近い銭湯《せんとう》。きったねえけど」

その外壁には双葉荘よりも立派な亀裂がびりびりと走っていた。「稲妻銭湯」と呼ぶことにした。

その晩、彼が再び私の部屋を訪ねてきた。

「鍋焼うどんの美味い店に行くぞ」

もう決定済みの口振りだった。

二十三時を過ぎている。私にはこんな時間に出歩いたり食べたりする習慣はなかった。集落には深夜に開いている店も街灯もない。改造車を乗り回すヤンキーが出る。何より熊が頻出する。夜は彼らのものだった。

大きな橋を渡った。川面に飲み屋のあかりが反射して、きらきら輝いている。私にとって、ただ寝るだけの、おしまいの時間でしかなかった夜が今、意味を持ってきらめいている。

繁華街の外れに立つビルの階段を下りると、ひっそりとしたフロアがあり、赤提《あかちょう》灯《ちん》の灯《とも》る一軒のうどん屋があった。彼とカウンターに並んで座ると、調理場の湯気の中に、麺を湯切りする老夫婦の姿が見えた。

彼はアルバイトを終えた帰りだったらしい。

「親が学費を出してくれないから自分で働くしかないの」

地元の大学に通わせようとしていた両親の反対を押し切って出てきた彼は、学費を稼ぐために週五日は居酒屋のホール係、残りの二日は塾講師をしていた。そして、ひと仕事を終えるこの時間帯によく夜食を食べに来るのだという。店主とは顔なじみのようだ。てっきり夜遊びついでに私の部屋に立ち寄ったのだと思っていた。彼が急に大人びて見えた。

昔ながらのホーロー鍋に、斜めに切られた長ねぎと鶏肉、そして真ん中にたまごがひとつ落としてあるだけの素朴な鍋焼うどんが目の前に運ばれてきた。甘みのあるおつゆが冷えた身体に沁《し》みてゆく。おいしいのか、ふつうなのか、正直なところよくわからない。温かくて、甘い。私はそれしか感知できないほど、すっかり浮かれてしまっていた。

朝はスーパー、夜は隠れ家みたいなうどん屋。他人と、ましてや男の人と、こんなに長いあいだ肩を並べて過ごすのは初めてだった。おしゃれな店ではないところがいい。彼のささやかな暮らしぶりを垣間見たような気がした。

きのうから、この人にすっかり振り回されている。

昔から私には親しい友人がいない。学校で挨拶をしたり、一言二言交わす程度の人はできるけれど、それ以上の仲にはどうしてもなれなかった。誰かと一緒にいると心がとても疲れる。何か話さなくてはと焦って余計無言になってしまう。自分の容姿の劣《おと》りや口下手《くちべた》が気になって会話どころではなくなる。だから、人と顔を合わせるだけで息が苦しくなった。

なのに、この二日間は一体どうしたのか。苦痛をまったく感じていない。

この人に恋人はいるのだろうか。いたら少し、いや結構、落ち込んでしまうかもしれない。帰り道、うどんの熱で爛れた上顎の薄い膜を舌で撫でながら、そんなことを考えていた。


彼が女の人を連れて来たのは、その翌日だった。

深夜、ドアをノックする音が響いた。叩き方ですぐに彼だとわかった。管理人のおばあさんのノックは拳の先で、こつんこつんと遠慮深い。一方、彼の叩き方は力強い。どすどす。中にいるのはわかってるぞ、とでも言いたげだ。

彼は同じテニスサークルのヤマシタさんという小柄な女性を連れていた。手乗りの白い小鳥のように、はかなげで可愛らしい人だった。彼は毎日アルバイトに追われて、サークルにはほとんど顔を出していないらしい。だから、時おり彼女が部屋を訪ねてスケジュールを伝えたり、会費を徴収しに来たりするという。

「この子、新入生？」
「そう、すげえ田舎から出てきた変なやつ」
「変な子が越してきたって言うから見に来ちゃった」
わざわざ引き合わせたのはそういう理由か。私はちょっとした見世物になってい
た。改めて出身地を言うと、ふたり同時に笑った。私が変なのではなく、あの集落
が、あの閉ざされた土地が変なのだ。変な土地に十八年間住んでいただけなのだ。
「だって、あそこ人口より熊のほうが多いんでしょ」
「そんなことないです、同じくらいです」
私が口を尖《とが》らせて反論すると、ふたりはまたくすくす笑った。何がおかしいのか
わからないが、私の中にも人を笑わせる要素が存在すると知り、少し嬉しくなっ
た。こんな気持ちになったのは初めてだった。
「よかったら、うちでご飯食べない？　何か作るよ」
ヤマシタさんに誘われて、私たちは彼女のアパートへ向かった。
大学生になると、こんな気の利いた台詞もさらりと言えてしまうのだ。ひとつし
か年の違わない彼女がずいぶん大人に見える。たくさん笑ってもらえて舞い上がっ

てしまったけれど、あまりにも親密そうなふたりの関係を邪推して、それ以上何も話せなくなった。感情の起伏が激しくなっている。私はこんなんじゃなかったはずなのに。どうしてしまったのか。彼とふたりがよかった。誰にも入ってきてほしくなかった。突如現れた独占欲に自分でも驚いた。どう考えても「入ってきた」のは私のほうなのに。私は「すげえ田舎から出てきた変なやつ」という言葉のまんまで、それ以上でも以下でもないのに。到着するころには感情がぐちゃぐちゃになっていた。

ヤマシタさんの部屋には私の知らないタイトルの少女漫画が高く積まれていた。ソファには星や魚の形をした可愛らしいクッションがいくつも並んでいる。どこから甘い香りもする。これが女の子の部屋なんだ、と驚いた。

彼女がキッチンできんぴらごぼうを作り、豚汁を温め直しているあいだ、私たちはいるかのクッションの鼻先と尾びれを互いに掴み、奪い合っていた。いるかの顔がびよーんと細長く伸びた。私がそれを先に気に入り、膝の上に乗せていたのだ。彼は私の顔面に星のクッションを投げつけ、その隙にさっといるかを横取りした。テーブルにお椀が並ぶと、「もっとそっちに行け」「行けません」と今度は座る位置をめぐって肘で小突き合いになった。

「なんだか兄妹みたい」

ヤマシタさんは私と彼を見比べて笑った。私たちは首をぶんぶん横に振って否定した。

何気なく発した彼女の一言。だが、思い返してみても、私たちの関係性を表すのに、これほど相応しい言葉はないかもしれない。出会った当初から、私たちは兄妹のようだった。


ヤマシタさんの部屋を出たころにはすでに二十四時を回っていた。夜更けの町を堂々と歩いていても叱られることはない。男とふたりきりで歩いても近所の人に噂をされない。その噂を聞きつけた母に厳しく咎められることもない。集落の目と母親。私を縛るものが存在しないこの町はなんて自由で心地よいのだろう。

等間隔にあかりの灯る長い坂道を下ってゆく。路面を撫でるように雪解け水が伝っている。道を折れたあともまだ緩やかな下り坂が続いた。私たちの稲妻荘は、この町のずいぶん底のほうにあるらしい。ひんやりとした風が足元から吹き上げ、私は薄手のコートの胸元をぎゅっと押さえて前のめりで歩いた。

共同の玄関でスリッパに履き替え、彼は当たり前のように私の部屋についてきた。冷蔵庫からペットボトルのお茶を出して勝手に飲む。チャンネルを替えてスポーツニュースを観る。そこまでは一昨晩と同じだった。

「きょうこっちの部屋で寝ていいかな。別に何もしないから」

彼は野球の結果を見ながら、なんでもないことのように言った。

「いい、ですけど」

二つ隣の部屋で寝ている人が、今夜ここで寝るだけのことだ。私は動揺を悟られないように精いっぱい平静を装って答えた。


そして、考えた。これは他人を寝かせるのに恥ずかしくない寝具なのか。マットレス薄すぎやしないか。枕の柄《がら》ださくないか。こういうときの下着の正解はどれだ。まったくわからない。幻滅される要素しか見当たらない。最低限の荷物しか持たずに実家を出てきたことを深く悔やんだ。

電気を消してベッドに入った。頭を並べて横になる。左側に体温を感じる。触れていないのに暖かい。私たちは急にどうなってしまうのだろう。私は声が掛かるまで息を潜め、同じ毛布の中でじっと身を固くしていた。沈黙が長い。何か話したほうがいい気がするが何も話題が見つからない。

気を抜かないように暗闇を睨《にら》みつける。壁掛け時計の秒針がせわしなく動く音がする。壁越しに隣の男子学生が蛇口《じゃぐち》をひねり、水が勢いよく流れる音がした。食器を洗っているようだ。日常と非日常が隣り合っている。私の部屋以外はいつも通りの夜なのだ。

そんなことを考えていたら、横からすうすうと静かな寝息が聞こえてきた。いや、まさか。まさかでしょ。「こっちで寝る」って本当にそういう意味なんだ。こういうことも大学生のありふれた日常なのだろうか。集落暮らしの私にはわからない。「何もしない」と言って本当に何もしない男などいない。そう雑誌には書いてあったが、実在するようだ。

この関係がどういうものなのかは判然としないけれど、こうやって爪先が地面すれすれのところで浮いているような毎日がずっと続いてゆけばいい。うっすらと明るくなり始めた窓の外を見ながら、私は思った。まだ知り合って三日しか経っていないけれど、人間関係の希薄だった私には三百日分の重みがあった。

翌朝、何もしていないのに、どことなく気恥ずかしい思いを抱えたまま、私たちは坂の上のスーパーに向かい、焼き上がったばかりのメロンパンを買った。彼も口数が少なく、きのうのようには会話が弾まなかった。ほんのりと温かい紙袋から甘いにおいを漂わせながら、無言で坂を下りた。

壁のひび割れた稲妻銭湯の前の信号を待っていたときだった。不意に彼が「付き合ってもらえませんか」と言った。あまりにもさらりとしていたので、大事な部分を聞き逃したのだと思った。

「付き合うというのはどういうことですか？　どこへ？」

「えっ、わかんない？」

「すみません。ちゃんと聞いてなくて」

「だから、付き合ってもらえるかって訊いたの」

「すみません。その前の部分を聞いてなくて。どこなのか本当にわからなくて」

「前の部分なんてねえよ」

「ない？　すみません。本当にわからない。どういうことですか？」

彼は信じられないという顔をした。正式に交際を申し込まれていることに気付いた私は感電したように「付き合いたい、です」と言った。


この辺の大学生はよく知りもしない相手と添い寝をするのがふつうなのだと思い込んでいた。未開の地から出てきた女があまりにも危なっかしいので仕方なく面倒を見てくれているのだと思った。その誰にでも向けているであろう親切心を特別な感情だと勘違いしないようにしよう。ヤマシタさんに嫉妬するのもやめよう。そう自分に言い聞かせていた矢先だった。

好いている人に、好いてもらえていた。

こんなことは生まれて初めてだった。


住民票を移すよりも先に恋人ができた。

人と深く関わることを避けてきたのに、この地に越してきた途端、生活が一変した。変わろうと強く意識する前に、大きな波に飲まれていた。だが、そんな驚きさえも吹き飛ぶくらい、もっと信じがたい出来事が私たちを待ち受けていた。

私と彼は、セックスをすることができなかった。

ちんぽが入らなかった。

私たちは周囲に話せないまま、この悩みをいつまでも共有することになる。

付き合い始めたその夜のことだ。性的な関係になるまでの展開の早さに驚いたけれど、その驚きも序章に過ぎなかった。

最初何をふざけているのだろうと不思議に思った。

でん、ででん、でん。

まるで陰部を拳《こぶし》で叩かれているような振動が続いた。なぜだか激しく叩かれている。じんじんと痛い。このままでは腫れてしまう。今そのふざけは必要だろうか。

彼は道場破りのように、ひたすら門を強く叩いている。

やがて彼は動きを止めて言った。

「おかしいな、まったく入っていかない」

「まったく？　どういうことですか」

「行き止まりになってる」

耳を疑った。行き止まり。そんな馬鹿なことがあるだろうか。

しかし実際に私たちはさっきから、ただ、ぶつかり合っているだけだ。拳と壁。道場破りと閉ざされた門扉《もんぴ》。融合する気配は微塵も感じられない。セックスというものは誰でもできるものではなかったか。犬や猫や馬だって、ちゃんとできている。「入らない」とは、「行き止まり」とは、なんだろう。私の想像していたセックスとずいぶん違っている。驚きと恥ずかしさでいっぱいになり、お互い言葉を失った。

「もう一回やってみる」

そう彼は言い、何度も何度も向かってくるが、それはいつまで経ってもげんこつのままだった。わけのわからない激震が走るだけだ。私の身体の芯は徐々に痺れ、感覚を失いつつある。腫れ上がっているかもしれない。そのげんこつも次第にやわらかくなっていった。

「なんでだろう」

「なんで入らないんでしょう」

私たちは困り果て、力なく笑った。もう笑うしかない。

「きょうは、もうやめておこう。次はちゃんとできるはずだから」

「すみません」

「謝らなくていいよ。俺も初めての人とするのは初めてだから」

その言葉の意味するところをすぐには理解できなかった。

下着を身に着け、暗闇の中で彼の胸にぴたりと張り付くようにして横になっているうちに、理解した。処女だと思われているのだ。初めての人。このうまくいかなさは、初めての人間特有のものだと思われたのだろう。

初めてではないです、とは言えなかった。

処女ではないのに入らないほうが大きな問題に思えた。私はその夜もまったく眠れなかった。

高校二年の夏休みに一度だけ経験があった。

大学に進学する生徒数人が自主的に学校の図書室に集まり、受験勉強に励んだ帰り道だった。集落には学習塾がなく、各々の力でなんとかするしかなかった。

その日は近くの神社の祭典があり、いつもは閑散としている商店街に露店がひしめき合っていた。家に帰るバスは一日二本しか運行していない。一本目が始発で、二本目が最終便。その最終バスまであと三時間近くあった。学校は施錠されてしまったし、どこで時間を潰そうか。行き交う浴衣の男女を眺めながら、私は制服のまま、ひとりふらふらと参道を歩いていた。

そのとき知らない男の子に声を掛けられた。いわゆる不良ではない、ごくふつうの気さくな高校生に見えた。なんの心の準備もなかったけれど、ここにいるよりもましだろうと思い、誘われるまま彼の家についてゆき、そうなった。そうなっても構わないという、どこか投げやりな気持ちがあったので、強引にされたわけではないと思う。

私の高校の同級生たちはセックスばかりしていた。娯楽施設のない町の、大学受験とは縁遠い学校。ほかにすることがないのだ。みな性の知識と経験だけは豊富だった。女子生徒は更衣室で得意げに話す。

「会えばすぐヤろうとする」

「前の彼女より上手だと言われた」

「修学旅行の寝台車の中で、した」

知りたくないことばかりが耳に入ってくる。寒気がした。女がこれだけ話しているのだから、相手の男はもっと話題にしているかもしれない。こんな顔見知りだらけの狭い人間関係の中で、性事情をこと細かく噂されながら同じ教室で過ごすのはどんな気持ちだろう。私ならとても生きてゆけない。

まだ経験のない私は、身近な相手とセックスすることに強い抵抗感を持つようになった。そんな恥ずかしいことを恋人や顔見知りの人間とできる気がしない。行為のあともふつうに顔を合わせて生活できる自信はない。どうしてもしなければいけないのなら、全然知らない人がいい。私はそう思った。


だから、祭りで声を掛けてきた見知らぬ高校生は「ちょうどいい」人だと思った。その行為は、ただ恥ずかしくて痛いだけで、決していいものではなかった。頭の中が真っ白で、何も考えられなかった。血が大量に出た。恥ずかしいうえに知らない人のベッドまで汚してしまい、どうしていいかわからなかった。一刻も早くこの場を立ち去りたい。終了するや否や制服を身に着け、擦り切れた股を両手で押さえ、その人の家をあとにした。

みんなはこれを自慢げに話していたのだ。こんなことを日常的に行い、話題にして、されて、どうして平気なのだろう。さっぱりわからなかった。童貞を捨てるとか処女を捨てるというけれど、私の経験は文字通り「捨てた」ものだった。いらないものだ。知らない人だから恥ずかしい思いをいつまでも引きずらなくていい。これでよかったのだと言い聞かせた。その男子高校生とは二度と会うことはなかった。

あのときの投げやりな気持ちはどうあれ、一年前は確かにちんぽが入ったのだ。一度きりだが、入っている。血の滲む股を押さえて、全速力でバス停まで走ったのだ。きっと今回だってなんとかなるだろう。緊張してたまたまうまくいかなかっただけだ。

ほぼないに等しいような経験で、頭で、そう考えていた。

もうあの気まずい思いを繰り返したくない。私は原因を探るべく、彼が外出しているあいだに書店へ走った。インターネットの普及していないその時代に調べものをするには、まず書物だった。

私はティーン雑誌のセックス特集を片《かた》っ端《ぱし》から読み漁った。きっと同じ現象が日本のどこかで起きているに違いない。性の悩み相談室で打ち明けているかもしれない。目を皿のようにして「入らない仲間」を探した。人目も憚《はばか》らず、いやらしい特集ページばかりに目を走らせた。どれだけ性に飢えた女なのかとまわりの客に冷笑されていたかもしれない。けれども私は正気だった。私は純粋に、大真面目に、ただ知りたかった。どうして入らないのかを。

目の前にはたくさんの本が並んでいるのに、ちんぽの入らない女性へのアドバイスはどこにも見当たらなかった。おそろしいことに、すべてが「入る前提」で書かれている。女として生まれ、ベルトコンベヤーに乗せられた私は、最後の最後の検品で「不可」の箱へ弾かれたような思いがした。私はどうなってしまうのだろう。目の前が真っ暗になった。

長い長い坂を下って帰宅した。収穫はひとつだけあった。世の中の女の子はちんぽが入っているらしいという残念きわまりない収穫だった。

その夜もアルバイトを終えた彼は、まっすぐ私の部屋にやって来た。私はカレーライスを作って待っていた。市販のカレールーを使ったものだ。こんなものは小学生だって作ることができる。これまで私はほとんど料理をしたことがなかった。作れるのはカレーライスとオムライスとおにぎりだけ。一日目にしてレパートリーの三分の一を失ってしまった。そのカレーライスでさえ彼に「味が薄い」と言われている。料理もできない、ちんぽも入らない。どうしたらよいかわからない。

スポーツニュースをひと通り観たあと、電気を消してベッドに入った。前夜とはまた違う張り詰めた空気。きょうは入る。きょうこそ入る。私はPK戦を見守る観衆のひとりになったような気持ちで手を合わせた。自分の身体なのに、操ることができない。もどかしい。知識と経験の乏しい私には、何をがんばればよいのかわからない。運を天に任せるように、ただ無事を祈るしかないのだ。「入れ」と、ただただひたすらに。

でん、ででん。

昨夜と同じ振動が始まった。強く、強く押されている。ぶつかっている。

「うーん、これより先に進まない」

「今どれくらい入っていますか」

「入ってはいない。当たっているだけ」

「当たって、いるだけ」

まるでトンネル工事の掘削員が交わす会話のようだ。山の西側で重機を操る彼がいる。山が小刻みに揺れる。土煙が舞う。東側で貫通を待つ私に無線が入る。彼はヘルメットを外し、タオルで汗を拭いながら言うのだ。

「まったく駄目だね。当たっているだけ」

この山はちっとも崩れる気配がない。

少し休んでは何度か繰り返す。しかし、いつまで経っても拳で殴られているような、終わりの見えない「当たるだけ」の掘削工事が続いた。

「また次にしよう」

「ちゃんとできなくてごめんなさい」

私の身体は変なのだろうか。そのまま彼に身を寄せて横になったけれど、不安だけが膨らんでいった。

彼はこれまで付き合ってきた相手や風俗の人には問題なく入ったという。こんな現象は初めてだと言われ、ますますおそろしくなってしまった。「ふつうではない」と言われているような気がした。

私には「標準」が、どれほどのものかわからないが、彼のちんぽはかなり大きいほうなのだという。行きつけの風俗嬢に付けられたあだ名は「キング」だった。国の王である。たった一度の経験しかない研修生が国王と対等な関係になること自体、無理なのかもしれない。きっと時間は掛かるだろう。

でも、と思う。本当に大きさや経験だけが原因なのだろうか。十七歳のときに、ふつふつと湧き上がった「好きな人とこんな恥ずかしいことをしたくない」という気持ちも、どこか心の深いところで関係しているのではないか。好きでもない人といい加減な気持ちでしてしまったから、本当に好きな人と交われないように呪いをかけられたのではないか。身体も心も、私のほうに不備があるように思えた。

昔から私の番になるとちょうど機械が壊れるとか、私の買ったものだけ不良品とか、そういう運の悪さ、間の悪さで損をする場面が数えきれないほどあった。世の中の「偶発するちょっと嫌なこと」が、なぜか私に集中した。だから今回も自分のせいかもしれないと思っていた。

入らない原因を自分なりに分析してみたものの、三度目も四度目も五度目の夜も、私の山は崩れなかった。

そして六度目の夜。繁華街にラーメンを食べに出かけた帰りだった。「ちょっと寄りたいところがある」と言う彼のあとをついてゆくと、裏道にある淡いピンクのネオン街に入った。生まれて初めて、そういうホテルに入った。たまにドラマで観るだけの、私には一生関わることのない場所だと思っていた。

大きなベッドとテレビとガラス張りの浴室。必要なものだけがきっちりと詰め込まれた部屋。私はベッドサイドのスイッチを手当たり次第に押してみた。天井に星座が現れたり、ボサノヴァからクラシックに変わったりする。わあ楽しい、と一瞬はしゃいだものの、ホテルまで来て今夜も入らなかったらどうしようという不安に襲われた。

その心配がいけなかったのか、その日も当たっているだけ、叩いているだけの状態からまったく進展しなかった。びくともしない。「暗証番号が違います」と拒絶されたような気持ちになった。

「やっぱり駄目みたいだ」

やっぱり。その言葉に、ひどく沈んだ。

毎回こんな中途半端な状態で終わらせてしまってよいのだろうか。男の人はもやもやするのではないか。不能な女と付き合ったことを後悔していないだろうか。だから、「あのビデオみたいに口でしてもらえる?」と頼まれたとき、救われた、と思った。彼の指差したブラウン管の中の豊満な女優は畑の作物を慈《いつく》しむように舐《な》めていた。懸命だった。その姿が一糸まとわぬお百姓に見えた。

ようやく私にもできそうなことが見つかった。

役割を与えられないまま一日じゅう机に向かって座らされているような居心地の悪さを感じていた。何もできないことが苦しくて、恥ずかしかった。こういうことをするのは初めてだ。でも、ちんぽの入らない私にできることがあるのならなんでもしようと思っていた。不能だけれど不毛にはなりたくなかった。真っ暗闇の中で道を見失っていた私にとって、その行為は一筋の光に思えた。

「顔に出させてほしい」

「かしこまりました」

私たちの関係は、そうなった。


子供のころから、可愛らしくて活発なふたりの妹といつも比べられていた。彼女らはクラスメイトにも近所のおばさんたちにもとても人気があった。それにひきかえ私は地味で醜く、その場にいてもいなくても変わらない、妹たちとは正反対の人間だった。

母は事あるごとに私を罵った。醜い顔だ、肌は浅黒いし髪はちりちりで艶がない、目鼻もぱっとしない、どうしてお姉ちゃんだけこうも可愛くないんだろう、不細工でも愛嬌があればまだ救いようがあるのに。他人は気を遣って私の容姿が酷いということをはっきりとは口にしないけれど、母は歯に衣着せぬ物言いをする。母の言うことが真実なのだろうと思った。みんなが言えないことを母は言う。

私の顔は母によく似ていた。知り合いにそのことを指摘されると、母はあからさまに不機嫌になり、私に怒りをぶつけた。だから普段から私にきつく当たるのかもしれない。初対面の人が私と母の顔を交互に見比べているのを見ると、どきどきした。今浮かんだ言葉をどうか口にしないで下さい。あなたの胸の内にそっとしまっておいて下さい。お母さんの心がぐしゃぐしゃになってしまうから。幼心にそう祈った。

母の感情は、いつも不安定だった。機嫌よく笑っていたかと思えば、ふとした拍子に理性を失い、あたりを憚らずに怒鳴り散らし、手を上げる。生真面目で、人の手を借りることを嫌がり、自分ひとりでやろうとするのだが思うようにはいかない。そうして苛立ちが募って爆発してしまうのだ。

初めての子育てに気負い過ぎたのか、母の精神状態は私を出産した直後がいちばん酷かったらしい。育児ノイローゼだった。私の幼少時代、母はどの写真を見てもレンズをキッと睨みつけている。笑っている写真が一枚もない。

赤ん坊の私が大声を上げてぐずると、それに負けない勢いで母もかんしゃくを起こす。追い詰められ、陶芸家が感情に任せて壺《つぼ》を割るように私を床やアスファルトに叩き付けたこともあった。私の頭部は歪み、火がついたように激しく泣いたという。その話を母から聞かされるたび、私は失敗作としてこの世に生まれてきたのだと思った。壺のように粉々になってしまえたらよかった。

妹たちのときは二度目、三度目ということもあり、少しだけ余裕を持って育てることができたようだ。末の妹は、私が小学一年生のときに生まれた。母は気持ちに余裕がなくなってくると、すうっと能面のように表情が固まり、目だけがつり上がる。引き潮のように母の血液がどこかへ戻ってゆくのがわかる。沈黙を経て、やがて一気に押し寄せるのだ。このまま放っておくと私や妹たちに何をするかわからない。だから私はその兆候を感じ取ると、泣いている赤ん坊を抱いて隣の部屋であやし、母をひとりにした。

母を怒らせないようにする方法を探ってばかりいる子供だった。けれども、私の顔が母に似ているという問題からは永遠に逃げることができない。この身を恨むしかない。私の存在が、苦しかった産後を思い出させてしまうのだろうか。

容姿の劣等感は消えるどころか、成長とともに膨らんでいった。学校で同級生と顔を合わせることにも恐怖と恥ずかしさを覚えた。みんなも母と同じように私のことを醜いと思っているのだろう。そう考えると、顔が真っ赤になったり、どもったりして、うまく話すことができない。赤面症をからかわれることはあったが、仲間外れにされていたわけではなかった。誰かと一緒にいるだけで、心が張りつめてしまうので、自分から輪を離れ、ひとり殻に閉じ籠もるようになった。

初めて男の人と交際したのは中学一年生のときだ。相手は同じクラスのヤンキーだった。恐喝や万引きなどで何度も補導されている、体重百二十キロの巨漢だった。

きっかけは席替えのくじ引きだった。目の悪い私はくじを免除され、教卓の真ん前の席を与えられた。すると、何を思ったかその巨漢ヤンキーが「僕も目が悪いのでいちばん前がいい」と手を挙げ、のたりのたりと大股で隣の席に移動した。あちこちから冷やかしの声が上がった。何も言い返せない私を面白がっているのだと思うと、赤面し、鼻の頭に汗が噴いた。私は中学生になっても赤面症がちっとも治っていなかった。むしろ悪化している。それを見た男子たちが「こいつ照れてるぞ」とからかい、さらに教室が騒然となった。

やがて隣の席になったヤンキーに告白され、付き合うことになった。私は自分のことを好きになってくれる人ならば誰でもよかった。私みたいに美しくもなく、人を楽しませるだけの話題を提供できない者は交際相手を選んではいけないと思っていた。

付き合ってと言われたので付き合う。そこに意思はない。付き合ってはみたのだが、誰かと一緒に過ごすことは私にとって、とても苦しいことでもあった。それゆえ交際は長続きしなかったが、話のまったく噛み合わないヤンキーとだって付き合えたのだから、この先誰とでも大丈夫だろうと少しだけ自信を持った。

男の人と付き合うには妥協したり我慢したりしなければいけないと思っていた。でも、私も選んでいい。自分が好きになった人と付き合うこともできる。そんな今まで考えたことのなかった道が突然目の前に拓けた。ふつうの人には当たり前の感覚が、私には長らく欠落していた。

十九歳、春。この町に住み始めて一年が経った。ちんぽは入らないけれど、私たちの日常は平穏そのものだった。他人と過ごしているのに少しも居心地が悪くならないことが不思議だった。

彼は実家から仕送りを一切もらっていない。だから、いつもお金を持っていない。彼の部屋着は膝のすり切れたジャージで、外に出るときは少し気を遣って上等なジャージに着替えていた。「バイト代も入ったし、そろそろ新しい服がほしいな」と買ってきたのは、上下セット九八〇円で売られていた近所の中学校の指定ジャージだった。廃盤で値下げされていたらしい。彼はその指定ジャージの上下をきっちりと着こなし、平気な顔で授業を受けていた。

「ちょっと、中学生が紛れてるよ」

指をさして笑う声が聞こえる。

隣に座っていた私は恥ずかしくなって思わず身を縮めた。その冷やかしが聞こえているのかいないのか、当の本人はどこか楽しげだった。自分のユニフォームのように気に入っている。彼がそんな調子だったので、私は「中学生と付き合ってる人」「犯罪者」などと陰で嗤《わら》われていた。

授業が終わると、学食で「中学生」と安い定食を食べ、コンビニでお菓子を買って、肩を並べて稲妻荘に帰る。稲妻銭湯にも行く。性的なことはしないで同じ毛布に包まって眠る。これのどこが不幸なのかわからない。いつの間にか私も少しだけ気持ちが強くなっていた。彼がそのジャージを着て楽しそうに笑っている限り、私はそれでよかった。


そのころ繰り返し見る夢があった。

私は鏡に向かい、瞼《まぶた》をこじあけてコンタクトレンズを入れようとしていた。しかし、なぜだかうまく装着できない。よく見ると、人差し指の上に乗せたコンタクトレンズがいつの間にか肉厚になっていた。ぷるんぷるんと左右に揺れるほど膨張している。そして、あっという間に透明な掛布団のように指先を覆い、垂れ下がった。

果たしてこんなに大きく厚みのあるものが私の目に入るのだろうか。だが、悩んでいる暇はない。早くしないと学校に遅れてしまう。私はコンタクトレンズの端を幾重《いくえ》にも折り畳んで、そっと眼球に滑り込ませた。

痛い、入らない。こんな大きいの無理に決まってる。

瞳からこぼれ落ちた肉厚のコンタクトレンズは、床の上でだらりと手を伸ばすように広がった。それを見て、私は途方に暮れていた。

意識しないようにしているのに、夢は正直だった。私は寝ても覚めても「入らないこと」に囚われていた。

とあるゼミの打ち上げのこと。私に恋人がいると聞きつけた先輩たちから「週にどれくらいしてるの？」と、あけすけな質問をされた。私は返答に窮し、苦笑いをしたり首を傾げてごまかしたりしていると、酔いの回ったひとりの男子が絡んできた。

「純情ぶるんじゃねえよ、やりまくってるくせに」

みな、どっと笑った。同意の笑いなのだろう。私もその場はまわりに合わせて笑ってやり過ごしたが、質問が隣の女子に移ると、胸が苦しくなって黙り込んだ。もう周囲の声は耳に入ってこなかった。

私たちは一年付き合って、一度もできていません。ちんぽの入らない純潔な関係なのです。誰もが当たり前にできるなんて思うな。そんな簡単に言ってくれるな。私たちは、セックスだけで繋がっているわけじゃない。ちんぽが入ったから何だというのだ。

そう心の中で毒づいたけれど、入らないことに人一倍こだわっているのは私自身に違いなかった。

なぜ普通にできないのだろう。まだ私は諦めていなかった。決して性欲が溢れているわけではない。自分が不完全ではないことを証明したかっただけかもしれない。

男性誌になら情報が載っているかもしれない。そう考え、また坂の上の書店を目指した。私は一年経っても、まだ同じ地点をぐるぐる回っていた。

おぞましいタイトルの成年雑誌を何冊も買い漁り、ちんぽが入らない人の事例がどこかに掲載されていないか、血眼になって探した。なりふり構っている場合ではない。この世界のことを何も知らなすぎる。私は痛々しいほどに真剣だった。

けれど、「ちんぽが入らない人へ」というアドバイスはどこにも見つからない。そんな人は、どうやらいないようだ。ぎらぎらした雑誌の中の男女は貪欲に性を愉しんでいた。学校の教室で、温泉旅館で、橋の下で。今を生きていた。彼らが自分と同じ人間だとはとても信じ難かった。

「どうしてだろうね」と言っては手や口で出す日が続いた。私にできることはそれくらいしかない。農作業のようであった。あと何年こうして畑を耕せば、ちんぽが入るようになるのだろう。このまま凶作の年が続くのだろうか。自分の不能さに打ちひしがれた。

「どうしてできないんだろうね」と言いながら三年目の春を迎えた。

桃や栗が枝葉を広げて実を結ぶ三年。赤ん坊がひとり遊びを始め、三輪車を漕ぐ月日である。私たちは相も変わらず手や口で出すだけの、時代に取り残された原始人のような日々を送っていた。不能で不毛。にんげん不毛地帯。凍土《とうど》を素手《すで》で掘り返すような気の遠くなる作業に思えた。

世の中の女性は本当にちんぽが入っているのだろうか。そんなことってあり得るのだろうか。それすら疑わしくなるほど未来が見えなかった。

淡雪《あわゆき》が路面を濡らす三月半ば、彼が大学を卒業した。四月から隣県の私立高校で社会科教師として働くことが決まっていた。ちんぽは入らないけれど、希望する職場に入ることができた。何はともあれ「入る」ということは喜ばしい。私たちのあいだで「その件」以外のすべてが順調に進んでいた。まるで、ちんぽを人質にして願いを叶えてもらったかのよう。残酷なことをする神様だと思う。

彼が就職するということは、この稲妻荘を出て行くということ。遠く離れて暮らすということ。私は最後まで楽しいままでいたくて、あとわずかしかない時間に泣き言を割り込ませたくなくて、その現実に目を向けないようにしていたのだけれど、三月も終わりに近づき、彼の部屋の前に立て掛けられた引っ越し用の段ボールを見たとき、ああ、この共同生活は終わってしまうのだ、と身に沁みた。

荷物をまとめ、彼がいよいよ出発というときだった。

「来年そっちの就職が決まったらまた一緒に住もう」

いきなり結婚を申し込まれた。

本当に突然だった。身体が硬直した。そこまで具体的に考えていたとは心底驚いた。今まで結婚なんて言葉は一度も話題にも上らなかったし、想像したこともなかった。ただ、別れることはないだろうという確信だけはあった。ずっと一緒にいるということは結婚するということなのか。私は、この期に及んで気が付いた。

女のほうが現実的だとか言われるけれど、大学生活をあと一年残す私は就職のことだけで頭がいっぱいで、その先の未来まで考える余裕はなかった。採用試験、卒論、就職、そして結婚。それらが立て続けに起こることを考えて、ぞっとした。嬉しさよりも、荷が重かった。私はそんなにたくさんのことをこなしていけるのだろうか。


子供のころから結婚に憧れを抱いたことがなかった。

両親は常にお互いの悪いところばかり探り合い、相手のせいにして腹を立てていた。もはやストレスの捌け口でしかなかった。罵り合うために一緒にいるようにしか見えない。どうして結婚したのだろうと不思議だった。

「結婚」と聞いて、忘れられない出来事がある。高校の保健体育の授業だった。教師に「人はなぜ結婚するのか」と質問されたことがあった。私はそんなことを一度も考えたことがなかった。その場で懸命に頭をひねってみたけれど、まったく思いつかない。

「わかりません」

「わからないってことはないだろう。結婚だぞ？　将来おまえも直面する問題だぞ」

いい加減に「わからない」と発したわけではない。私はいくら考えても結婚する意味がわからなかったのだ。

「先生は答えが出るまで待つぞ。わからない、で人生は済まないぞ」

実に体育教師らしい発言だった。教室に沈黙が続く。

「……ひとりだと、経済的に厳しいから、です」

ようやく絞り出したのは子沢山《こだくさん》のシングルマザーのような回答だった。

教師は怪訝な顔をし、私の隣の席のワカヤマさんに同じ質問をした。ワカヤマさんは授業中に漫画を読み、ノートも一切とらず、恋人に会うためだけに登校している女の子だった。

その彼女が迷いのない声で答えた。

「好きな人と一緒にいたいからです」

びっくりした。まったく頭になかった。何時間かけても私は答えられなかっただろう。そんな簡単で、ごく自然に言えてしまうようなことが、私にはわからなかったのだ。

子供を産みたいと思ったこともない。我が子を怒鳴りつけ、手を上げる母を見て育ったせいか、私には子を持つ喜びよりも、その煩《わずら》わしさばかりが目に付いてしまう。決して子供を嫌いなわけではない。むしろ大人よりも子供のほうが好きだ。だけど、自分の子供を産みたい、育てたいという気持ちは一度も芽生えてこなかった。

そんな結婚や出産が現実味を帯び、私の身に迫っている。でも、昔想像していたものとは明らかに違う。いい意味で。とても、とても、いい意味で。

私は彼と喧嘩をしたことがなかった。どちらかが折れたり、謝ったりして、険悪にならずにやってきた。小さなころから両親の言い争いを日常的に見てきたから、見下したり、人格を否定したりするようなことは決してしたくなかった。争うことに対して極端なまでに臆病になっていた。

結婚がいいと思えるのなら出産だってそうなのかもしれない。閉鎖的な環境の中で見てきたものと、これからの私たちの生活はきっと何もかも違う。私の進む先に光が見えたような気がした。

高校に勤め始めた彼からは毎晩二十二時に電話が掛かってきた。その時間にベルが鳴らなければ、その日は電話がない。仕事の邪魔になってはいけないので、私からは掛けない。特に約束したわけではないが、自然とそうなった。話す時間、会う日、会う方法。お互いの都合のよい部分を探り合い、新たな生活が少しずつ形になっていった。

彼が初めて給料を手にしたその日、少しかしこまった料亭に案内された。

「ずっとこういう店に連れてきたかったけど、お金がないから叶わなかった」

そう申し訳なさそうに告白された。人の目を気にしない変わり者だと思っていた彼の中にも一人前の自尊心があったことを意外に思った。

鍋焼うどん屋の赤いのれんをくぐった日を思い返す。四千円で蟹《かに》食べ放題という怪しい激安宿に泊まったこともある。それは産地不明の妙に平べったい蟹だった。お金がないからなかなか遠出はできず、近所の公園まで散歩をして鯉や白鳥に餌をあげていた。誕生日を祝われたり、クリスマスにプレゼントをもらったりしたこともない。私の誕生日がいつなのか知ろうともしなかった。聞いても答えられないだろう。でも、それがこの人の生き方なのだと思った。どの日の、どの場所にも思い入れがある。物足りないと感じたことはなかった。

産地の確かな蟹やステーキでお腹を満たした帰り道、照明のまばゆいジュエリーショップに連れて行かれ、唐突に「好きな指輪を選んで」と言われた。これも初任給をもらったら、してあげたいことのひとつだったという。

つい先月まで「No problem」の毛玉だらけのスウェットに、穴の開いた指定ジャージだったのに。財布の中には小銭しか入っていなかったのに。学生時代とのあまりの変わりように啞然とした。

お給料をどれだけもらえたのか、いくらの指輪なら破産しないのか。私にはまったくわからなかった。おそるおそるショーケースに並んでいる中の、いちばん安い九八〇〇円の指輪を手に取った。それは飾りの付いていないシンプルな銀色のもので、なんの主張もない世間知らずの自分によく似合う気がした。

交際四年目にして初めてもらったプレゼントだった。貴かった。


彼が大学を卒業してから、私は授業の空き時間をひとりで過ごすようになった。体育会系のサークルが占拠する賑やかな食堂には自然と足が向かなくなり、大学生協でサンドイッチとコーヒー牛乳を買い、誰もいない一階の教室へ向かう。窓枠に足を掛けて飛び降りると、中庭へ出ることができた。

よく手入れのされた芝生《しばふ》の上に足を伸ばし、ゆっくりと流れる雲を眺めながらパンを食べるのが日課になった。私の一日も同じ速度で流れていた。ひとりきりの生活はこんなにも静かだったのだ。大学に入るまで、休み時間や放課後を気兼ねなく一緒に過ごせるような人はできなかった。ひとりでいることが当たり前だったはずなのに、そのことがずいぶん懐かしく思えた。

私は卒論と教員採用試験の勉強に集中して取り組み、月に一度、長距離バスに乗って彼の住む町へ行った。そして、ひと月のあいだに互いの身のまわりで起きた話をした。

「インコをしばらく預かってほしいって貼り紙を構内で見つけて、喜んで引き受けたんですけど、それ私の知ってるインコじゃなかったんです」

「なんだったの」

「コンゴウインコ。よく動物園にいる赤とか青のでかいやつ」

「オウムじゃん！」

「私もオウムじゃん！　て、その人に言ったら、インコとオウムの違いを教えてくれたんです。なんだと思います？」

「体の大きさじゃないの？」

「頭に羽がピョンと付いてるのがオウムで、付いてないのがインコだそうです。だから、めちゃくちゃでかいけど、ぎりぎりインコでした」

「あれ鳴き声すごいだろ」

「強烈でした。アパート中にギエエエエエエエーって響きます。双葉荘が完全にジャングルみたいになりました」

その断末魔のような叫びを何度も真似して聞かせた。話したいことはほかにもまだあった。不登校になっている男子中学生の家庭教師を始めたこと、プロレスサークルの看板レスラーに頼まれて赤いマントを縫っていること、双葉荘の管理人が若い夫婦に変わったこと。

夜が更け、電気を消してベッドに入るころには、インコのものまねをしていたときの盛り上がりもどこかに消え、言葉少なになった。目をそらしていた問題に向き合う時間だ。

我々にはいまだ解決できない大きな問題がある。未解決ちんぽ問題。四年も取り組んでいながら、まだ答えが出ていなかった。採用試験のどんな問題よりも難しい。


この日、私はあるものを持参していた。

きっかけは、テレビの情報番組で観た生活の知恵だった。薬指がむくんで指輪が外れなくなったという主婦が、指にオリーブオイルをなじませ、ねじるようにして指輪を器用に動かし、「この通りです」と外して見せたのだ。彼女は「サラダ油でもいけます」と得意げに言った。そのとき私の中で、主婦の指と彼のちんぽがシンクロした。

入らないのなら入る工夫をすればいい。これまで私はただ嘆き、恥ずかしがり、神に祈るだけだった。この四年間、一体何をしていたのか。

私は、彼にジョンソンベビーオイル無香性を差し出し、「無理矢理でもいいからやってみてほしい」と請うた。とても勇気のいる提案だった。本来ならアダルトグッズとして売られているものを使うべきなのだろう。でも、それを購入するにはさらに勇気がいる。

私が持ってきたのは普段肘や踵の荒れた部分に塗っているオイルだった。局部に塗るために作られたものではないことだけは確かだ。しかし、期待できるのではないか。私の股間は、毎回押されたり叩かれたりして、肘や踵のように荒れているに違いない。どうか使うことを許してほしい。

サラダ油ではなくジョンソンベビーオイル、微香性ではなく無香性を選んだところに、わずかながら理性が存在した。我々は香りを楽しんでいる場合ではない。今後の人生を左右する重大な局面なのだ。

ジョンソンベビーオイル無香性のパッケージには「赤ちゃんにもお母さんにもやさしい」と書いてあるけれど、ちんぽが入らない人間にも等しくやさしくあってほしかった。ジョンソン・エンド・ジョンソンの心意気を、研究の成果を、今から私たちが試す。試してやる。

彼は自らの局部にジョンソンベビーオイル無香性をどろんどろんに塗りまくり、ゆっくりと押しつけてきた。すると、いつもは一ミリたりとも動かない壁が、ほんの少しだけ内側に押された。

めりめり、めりめり。

身体の中心が布のように裂けてゆく。今までにない感触だった。ちんぽが前に進んでいる。押し込まれている。内臓を押し上げるような圧迫感に襲われる。入口の裂ける痛みと腹部の鈍痛。これで駄目なら、あとがない。がんばれ、がんばれ。自分で自分を応援し続けた。

「先のほうが入った！」

彼が驚きの声を上げた。

先っぽだけでこの痛みなのかと私は私で驚いた。すっかり格納されたとき、私は意識を保てるだろうか。

ちんぽは少しずつ奥を目指している。

山が、崩れてゆく。四年も向き合った歯の立たない硬い山だ。痛いとか言っている場合ではない。私は必死で耐えた。

出産を逆再生するような過程に快感など微塵もなかったけれど、どうやらちんぽの半分ほどが納まったらしい。これで半分なのかと思うと気が遠くなる。少し動かされただけで悲鳴を上げてしまいそうなくらい痛い。内臓に直接効いている。そんな風邪薬のキャッチフレーズを思い出す。

彼は顔面蒼白《がんめんそうはく》になってゆく私を見て、それ以上先に進むのをやめた。射精にも至らない。そんなんでいいのだろうか。いや、充分ではないか。上等であろう。初めてちんぽが入ったのだ。

たった半分を入れるのに四年の月日を要した。プレートが一年に数センチメートルずつ沈み込むような、地球レベルの交わり。

確かに痛い。完全に裂けている。けれども、言い知れぬ安堵と達成感に包まれていた。ジョンソン嘘ツカナイ。そう肩を強く叩かれた気がした。

股の間から絶え間なく流れる鮮血とジョンソンベビーオイル無香性。容器に書かれた「顔にも、からだにも使えます」の文字を指でなぞり、「ありがとう、その通りでした」と思う一方、これを使い続けることで発生する健康被害について考えた。ジョンソンベビーオイルを使用して生まれた赤ん坊は脂性になるのだろうか。ジョンソンベビーオイルで生まれた赤ん坊はジョンソンベビーオイルいらずなのだろうか。ぬるぬるとした膜の膨らみが産道をつるんと軽快に滑り下りる光景を思い浮かべた。

ジョンソン革命を経験した私たちは、これで何もかもがうまくいくと思った。ようやく世間一般の男女と同じ地点に立てたのだ。もう石器作りも小作農もおしまいだ。

しかし、ちんぽが少し入ったからといって、私たちの問題が解決したわけではなかった。入ったことにより、新たな問題に直面した。

私の局部が大きく裂けていたのだ。ひりひりする。処女膜喪失どころではない出血量だった。白いシーツに円くて大きな鮮血の痕。日の丸のようだった。

素直に喜んでいいのか、これが不幸の始まりなのか。こんな身体に悪いことをして大丈夫だろうか。せっかく半ちんぽを納めたというのに、私は不安でいっぱいになった。

そんな一抹の不安を抱きながらもジョンソンを塗る日々が始まった。

布地の食い込んだファスナーを無理やりこじ開けるような、犬小屋に軽四を押し込むような、恐れと頼りなさを感じながら、めりめり、めりめりと裂けてゆく。ちんぽは返り血を浴びた人殺しのように赤く染まっていた。

事後の油と血にまみれた性器を拭いながら考える。私たちはこんなに犠牲を払い、滑稽な真似までして繋がらなければいけないのだろうか。こんな大惨事としか言えないような性器と寝具をこの先も洗い続けるのだろうか。

ちんぽに罪はない。血を流しているのは私のほうだけれど、ちんぽがあまりにも不憫だった。

「この血は痛くない血だから大丈夫」と私は平静を装ったけれど、「かわいそうだからもうできない」と彼は言った。

客観的に、その通りだった。毎度こんな生々しい現場を見せられては、たまらないだろう。

私たちは再び、手と口で出す百姓の暮らしに戻った。結局ここに戻る。身の丈に合った暮らし。血の流れない平和な交わり。

性的な問題なんてなかったふりをして、ふたりの関係は続いた。

II

落日

大学を卒業した私は、彼のあとを追うようにして同じ県内の小学校に着任した。小さな港町にあるその学校は、二階の教室から鉛色の海が見えた。

そして、ほどなくして私は、このちんぽが入らない人と結婚した。

私たちには親しい友人がおらず、のめり込むような趣味もなく、お互いが唯一の友人で、恋人だった。大きな買い物はしない。大きな声を上げない。罵らない。詮索も束縛もしない。休日は昼過ぎに起きて、ふたりで美味しいものを食べに出かけた。長い休みには海外の古城をめぐったり、国内の温泉地を南から順にまわっていったりした。寝台車のチケット、大聖堂や動物園の入場券、果ては公園で食べたソフトクリームのコーンの包みまで、大事に持ち帰り、スクラップブックに糊付けした。その旅先の思い出帳は二冊、三冊と増えていった。何をするにも一緒だったけれど、飽きることはなかった。学生のころからずっとそうやってふたりで生きてきたのだから、変わりようがなかった。とても穏やかな暮らしだった。

ただ月に一、二度直面する「ちんぽが入らない」という、その一点だけが私たちの心を曇らせた。


私が初めて受け持ったのは小学三年生だった。

ベテラン教師ばかりの学校にやってきた久しぶりの新卒ということで、子供たちには歓迎された。一方で保護者からは「若い先生では頼りない」「厳しい男の先生を採用してほしかった」と校長や教頭の元に不満が寄せられていたらしい。

その声は私にもちゃんと届いていた。

「うちのお母さんが先生の悪口言ってたよ」

「うちも言ってる。新人は指導が甘いから駄目なんだって」

頼まなくても子供たちが無邪気な瞳で報告してくれた。幼い彼らに悪気はない。知っていることを胸にしまっておけなかっただけである。私はそのたびに苦笑いをして「うん、ほかの先生よりもいっぱいがんばるからね」と約束した。

誰よりも不安に思っていたのは、この私である。

教師という職業に子供のころから憧れていた。でも実際の私は臆病で、人と接することが苦手だった。自分から話し掛けることができず、通知表にはいつも「消極的」と書かれていた。本当は人前になど出たくない。誰も来ない安心できる場所でずっと膝を抱えていたい。でも、このままではいけない、変わらなくてはいけない。なれそうなものではなく、なりたいものになりたい。自分の中の相反する気持ちと常に闘っていた。

社会に出てみてわかったのだが、不思議なことに「これは仕事だ」と暗示をかけると明るくはきはき話すことができた。人前にも進んで出られた。ステージの上で陽気に歌ったり踊ったりすることもできた。休み時間や放課後には体力を惜しむことなく子供と一緒に走り回って遊んだ。自分の中にそんなスイッチが存在したことに驚いた。こんな私でも覚悟を決めればできるのだ。引っ込み思案だった少女時代からは想像できない変化だった。

授業参観、家庭訪問、研究授業。初めてながら、そつなく終えることができた。

しかし、退勤とともに「教師」のスイッチを切ると、たちまち言葉の少ない本来の自分に戻る。日中にかなり無理をしている分、精神的にどっと疲れが押し寄せた。朝が来るたびに覚悟を決めてスイッチを押さなければ働きに出られなかった。

それでも当時はまだ充実した疲れだった。手をかけてがんばった分だけ子供たちにも自分自身にも成長が見られた。

新婚の私に、同僚も子供も、そして保護者も屈託のない笑顔で「赤ちゃんいつ産むの？」と訊いた。「まだまだ先ですよ」と答えると、みな冷やかしや羨望の眼差しを向けてくる。本当にまだまだ先の話なのだ。先ならまだしも、未来永劫そんな日は訪れないかもしれない。

大きな声で言い放ち、和やかな空気を一瞬で凍りつかせたい衝動に駆られる。

みなさん、先生は夫のちんぽが入りません。


ある日、ひょんなことから夫の密かな慰《なぐさ》みの痕跡を見つけた。

使用していない銀行口座を解約しようと思い、夫のキャッシュカードを探していたときのことだ。我が家のサイドボードの引き出しの中には、普段あまり使わない診察券やポイントカードを入れておく小箱があった。その小箱からカードの束を取り出し、一枚ずつめくってゆくと、たこやき屋のカードの下から見慣れないポイントカードが現れた。白くてシンプルなカードだ。聞いたことのない店名である。スタンプが七個押されている。数個おきに五百円引きや指名料が無料になるマスがある。「指名」なので美容院だろうか。そんなおしゃれな店に通っていたっけ。しばらく考え、「あっ」と確信した。

そういうお店に、まだ通っていたんだ。

思えば「実家に帰る」と告げて、ひとりで何日も出かけることがあった。かなり頻繁にあった。思いきり羽を伸ばしてきたらいい。そう思って何も訊かず、また彼の実家にも連絡を入れず、送り出していた。あのときに行っていたのだ。ちゃんと実家に帰っていたのかもあやしい。

知らないままでいたかった。こんなことに気が付かなければよかった。

食欲と性欲が同列であることを教えるかのように、たこやきと風俗のカードが重なっていた。私は何も見なかったことにして、その白いスタンプカードを同じ場所に、そっと戻した。

不思議なことに、そのとき私の心を占めたのは、憎いとか汚らわしいといった感情ではなかった。「ずるい」と思った。ただただ「ずるい」と思った。私を置いて、ひとりだけ「入る」世界へ行ってしまうなんてずるい。そのことに嫉妬していた。夫はちんぽが入らなくても、入るお店に行けばよいのだ。男の人にはそういう道が用意されているのだと今さらながら気が付き、ひとり取り残されたような気持ちになった。私だけが入らないことを嘆いている。

そもそも、ちんぽの入らない私が悪いのだ。血まみれ、オイルまみれになって痛がり、気分をぶち壊してしまう私がいけない。風俗へ行くことを許さなければいけない。

「この人のことをよろしく頼みます。この人、私では駄目なんです」

本来ならそう風俗嬢にお願いする立場なのだ。

夫はその後もお盆や正月休みになると、特に行き先を告げずに数日ふらっと旅に出た。そして、スタンプをいっぱい押してもらって帰ってくる。

夫は私が察しているということを知らない。ずっと知らないままでいてほしい。

私は意味ありげに悲しい顔をしたり嫌味を言ったりせずに黙って送り出そうと決めた。

二十四歳、教員三年目の春を迎えた。

翌日の授業や学校行事の準備で帰宅が遅くなったり、バスケットボール部の指導で土日に家を空けたりしても、同業者として「当然のこと」と理解してもらえるのはありがたかった。同僚の中には「勤務時間外なので部活は持ちません」と、きっぱり拒む人もいる。悪いことではないと思う。でも、私たちはそれらの活動もひっくるめて教師の仕事だと思っていた。夫はサッカー部の顧問をしている。練習試合の様子を撮影したビデオを観て「守りが甘いんだよ」などと言いながら夕飯を食べる。お互いの学校や生徒の話だけであっという間に何時間も経つ。とりたてて趣味と呼べるものがない私たちにとって、仕事が共通の話題で、暮らしのすべてであったが、それは全然不幸なことではなかった。

細かいことに干渉してこない夫の性分にも救われていた。

部屋の掃除がおろそかになり、食卓に出来合いのからあげやポテトサラダが並んでも、夫が不満を述べることは一度もなかった。家事に口を出さないが手も出さないというスタイルは徹底していた。もちろん夫が家事をやったっていい。女がやるべきだとは思っていない。でも、私よりも仕事の量が多く、手先の不器用な彼に炊事や掃除を任せるのは、かなり効率が悪い。何事も、できるほうがやればいい。そう思っていた。

「お互い忙しいんだからスーパーの惣菜でも外食でも何でもいいよ。いちばん楽な方法でいい」と夫は言う。きちんと役目を果たせないことを気に病み、落ち込んでしまいがちな私には、ありがたい言葉だった。私のこういうところは母によく似ている。母は仕事も家事も子育ても全部ひとりで完璧にやろうとして心が壊れてしまったのだ。私はとても恵まれていると思った。

あるとき、夫が俯き加減で帰ってきた。

「チーズフォンデュって知ってる?」

「知ってるけど。なんで?」

「きょう職場のみんながチーズフォンデュの話をしてたから、それ何? って訊いたら馬鹿にされたんだ。食べたことないの俺だけだったよ」

かわいそうに。小学生のように肩を落とす夫を見て、お母さんのような気持ちになった。息子が学校でからかわれて帰ってきたらきっとこんな気持ちになるのだろう。仕事の忙しさにかまけてチーズフォンデュを一度も食べさせてあげなかったことを悔いた。私は夫の望むことをすべて経験させてやりたい。

「おとなしく待ってな」

いてもたってもいられず家を飛び出し、ホームセンターでフォンデュ鍋を購入した。続いてチーズ、バゲット、ウインナー、ブロッコリーなど思いつく限りの食材を買い込んだ。すぐに食べさせよう。今夜すぐに。

固形燃料に火をつける。にんにくと白ワインの香りが部屋に漂っている。夫は訝しがりながらウインナーに串を刺し、ぐつぐつととろけるチーズに絡ませた。バゲットにも温野菜にも。ひと通り口にしたあと、言った。

「これはチーズを付けないでそのまま食べたほうが美味いな。もう二度と作らなくていいよ」

「了解」

こういう結果を生むことは多々ある。フォンデュ鍋も固形燃料も以後使用されることはなかった。いいのだ。経験させることが大事なのだ。

「耳毛が伸びてるって言われた」

「ネクタイの柄を笑われた」

「靴下の色ださいって言われた」

「耳の後ろが臭いって言われた」

夫が悲しい顔をして帰宅するたびに職場の人間たちを「くそ共《ども》め」と呪った。刃先の細い鋏《はさみ》で飛び出た耳毛を切り揃え、可愛らしい色柄のネクタイと靴下を買い、登校前に汗ふきシートで耳の後ろから首筋にかけて丹念に拭ってから送り出す。完璧だ。

夫をこれ以上かわいそうな目に遭わせるわけにはいかない。

この人は、ちんぽの入らない人を妻にしているのだから。


教員となって四年を経た私は、異動を願い出た。

学年によって教える内容は違うし、クラスの雰囲気も児童ひとりひとりの個性もまったく違う。しかし、同じ学校に勤めていれば、季節ごとに同じ行事がめぐってくる。二年目以降は要領も覚え、気を抜くと惰性で前年と同じことをやろうとしていた。のどかな校風。同僚やまわりの環境にも恵まれているほうだった。けれども、若いうちにさまざまな学校を経験したかった。

年配教師や保護者から「若い先生には無理」だとか「男の先生のほうがよかった」という言葉を投げ掛けられるたびに、その場で苦笑いをしてやり過ごすのだけれど、いつかそんなことを気軽に言えないくらいに力をつけて見返したいという気持ちが強くなっていた。年齢や性別ではなくて実績を見てほしい。けれど、そう胸を張って言えるほど私はまだ成長していない。もっと経験を積みたい。そんなことを考えての異動だった。

新しい学校は各学年が三十人前後という小規模校だった。私は五年生二十九人の担任になった。この学年は前年に学級崩壊を起こしており、担任を希望する者がひとりもいなかったという。そのような事情から、何も知らない私が受け持つことになった。同時に、児童の生活指導に関わる校務責任者に指名された。どちらも経験がなく荷が重かったけれど、異動してきた日にはすでに決まっていて、断ることはできなかった。

着任して早々の職員会議では、サクライという恰幅《かっぷく》のよい中年教師が主導権を握っていた。時おり意見する気の弱そうな校長や教頭には目もくれず、自分の意見を通している。ほかの若い職員はみな黙って彼に従っていた。サクライ先生に逆らってはいけない、という空気があるようだった。

閉鎖的な学校だと思った。どの人も彼の顔色を窺っている。こんなときは、しがらみのない私が反論すればいいのではないか。客観的に見て、おかしいことはおかしいと言おう。そう思い、職員会議で彼に疑問を投げ掛けた。

「サクライ先生のやり方は強引だと思います」

「あんたねえ、前の学校ではどうだったか知らないけど、うちにはうちのルールってのがある。事情も知らないくせに引っかき回すな」

サクライ先生に鋭い目つきで一喝された私はそれ以上何も言い返すことができなかった。こうやってみんなも黙るようになったのだろうか。

会議を終えてもサクライ先生はまだ怒っていた。隣の席の若い教師に「何もわかってないやつが来た」と私に聞こえるように嫌味を言っている。次第にほかの同僚からもさりげなく距離を置かれるようになった。職員との関係はぎくしゃくしてしまったけれど、予想に反してクラスの子供たちとはすぐに打ち解けた。私は気まずい空気の漂う職員室にはほとんど戻らず、教室で子供たちと一緒に過ごすようになった。

私の不安とは裏腹に、クラスでは四月、五月と、噂に聞いていたような大きな問題もなく、和やかに過ぎていった。おとなしい子、活発な子、マイペースな子、ひとりひとり違うけれど、みな友達思いのやさしい子だった。そのうえ協力的で、勉強にも熱心だった。本当にこのクラスが荒れたのだろうか。ただ前の担任と合わなかっただけではないか。私はうまくやっていけるんじゃないか。

しかし、そんな驕りや油断が、いくつかの小さな異変を見落としていたのだろう。彼らは新参者の様子をじっと窺っていたのだった。押し殺していた不満があらわになるまで、そう時間は掛からなかった。

それは六月のある日に起こった。

昼休みの終わりを告げる予鈴が鳴り、五時間目の授業を行うために教室に入ると、教卓の上にゴミ箱の中身が全部ぶち撒かれていた。だらしなく垂れる醤油、算数の時間に配ったプリント、バナナの皮、飲みかけの牛乳。きょう半日の生活を凝縮したそれらの山の上に、逆さまになったバケツが乗っかっていた。

啞然とした。言葉が出てこない。

「昼休みに一体何があったの？　これは誰がやったの？」

子供たちは一斉に目を背けた。じっと俯く者、退屈そうに教科書をぱらぱらとめくる者、聞こえるようにわざと大きな欠伸をする者、隣の子と目配せをして冷ややかに笑う者。まるで示し合わせたかのような態度に、歴代の担任とのあいだで幾度となく繰り返されてきたであろう光景が鮮明に浮かんできた。

叱ることは簡単なはずだった。最初の指導が肝心だ。叱り、諭し、考えさせる。これまで当たり前に行われてきたことを改めるきっかけになり得たかもしれない。なのに私は、馬鹿みたいに、本当に馬鹿みたいに、教師であることを忘れて、ただ普通にショックを受けていた。

こんなに簡単にてのひらを返すのだ。

これが私への反抗であること、二ヵ月間ともに過ごした子供たちが下した決断であること、こんなことをしても意地の悪い顔で笑っていられること、この状況をゲームのように楽しんでいること。そんなことを思い、絶望的な気持ちになった。何を言ったか覚えていない。私は教卓の上のゴミを拾い集め、雑巾で丁寧に拭いた。両足でしっかり立っていないと気持ちごと持っていかれそうだった。

子供たちは五時間目の授業の開始が遅れたことをただ喜んでいた。

その日を境にクラスの雰囲気が急変した。ひっくり返ったバケツは開戦の合図だった。

無断で教室を出て行く者、授業が始まっても戻ってこない者、立ち歩く者、やまない私語、汚れてゆく教室、鉛筆で黒く塗り潰されている学級通信の担任名、黒板に毎朝殴り書きされる「担任交代しろ」。

それらが一斉に始まった。その崩れ落ちてゆくスピードに、私は追いつけずにいた。何を間違えたのだろう。いや最初から全部駄目だったのか。振り返っている暇などないくらい、目の前が刻一刻と悪い方向へ転がっていた。

クラスを煽動していたのはミユキという少女だった。嬉しいときは誰よりも声を上げて笑い、何か嫌なことがあった日は一日中ふてくされた顔をする。表情や態度にわかりやすく表れる女の子だった。黒々としたショートヘアの分厚い前髪の下から、こちらを窺うように見上げるふたつの目。その目つきが最近鋭くなっていることに気付いていた。授業中も下から睨みつけるようにして私を見たまま、目を離さない。「どうしたの?」と理由を尋ねると、ふんと顔をそらし、大きな音を立てて床をドンと一回蹴った。今思えば、それがミユキのサインだった。

ミユキは私の受け持つバスケットボール部の部員でもあった。授業中どんなにふてくされても、部活の時間になると、ほかの子と同じように一生懸命ボールを追っていた。お母さんに「バスケをがんばる」と約束していたようだ。しかし、練習中も私と目を合わせることはほとんどない。指示には渋々従うが、これみよがしにコーチを務める女性教諭にシュートのステップを質問したりしている。私のことを気に入らないようだが、ミユキなりに練習をがんばろうとしていることは伝わってきた。

ミユキは両親と離れて暮らしている。一家は、とある宗教に入信しており、彼女はその団体の施設から通学していた。両親も同じ建物の中に住んでいるが、自由に会うことはできないようだ。ミユキは週に数回だけ与えられる家族だんらんの時間をいとおしむように暮らしていた。大人びた見た目をしているけれど、十一歳といえばまだ親に甘えていたい年頃だ。彼女は私に「今週はもうお母さんに会えない」と寂しそうな顔を見せることもあった。あのとき私にできることがあったはずだった。その寂しさはやがて小さな怒りとなり、言葉遣いや行動の端々に表れるようになった。

私は彼女の苛立ちに気付きながらも、なだめすかすばかりで、家庭の事情にどこまで立ち入ってよいものか悩んでいた。彼女の母親に面談に行くも、教団関係者に阻まれて会わせてもらえず、言葉を飲み込んで帰ることが重なった。電話にも出てもらえない。ならば手紙で、と思い、ミユキに託して渡してもらった。

「ミユキさんはお母さんともっとお話をしたがっています。自由に会えないことに寂しさやストレスを感じ、精神的に不安定な日が続いています。一緒に過ごす時間を増やしてもらえないでしょうか。学校では私がミユキさんの話をしっかり聞きます。彼女の気持ちが落ち着くように学校と家庭でお互いに取り組んでいきませんか」

今思えば、彼女の問題行動が母親にあると暗に責めるような、不誠実な書き方だったかもしれない。母親と直接話し合えないまま日が過ぎてゆき、ミユキの問題行動も目に見えて増えていった。

ミユキは家族を離れればなれにしたまわりの大人たちに憎しみを抱き、そのストレスを身近な大人のひとりである担任にぶつけているように思えた。「大人は嘘ばっかり」「大人は汚い」。言葉の端々から大人への憎悪がこぼれていた。世間一般によくある、ありふれた文句かもしれない。けれど、彼女を取り巻く特殊な環境を思うと、単なる反抗期で片付けることはできなかった。

私は違うから。私はあなたの話を聞き、約束を守るから。施設の人とも話し合ってみるから。そう声に出して接していたけれど、その厚かましさや思い上がりこそが大人の嫌らしさなのかもしれなかった。それが積もり積もって、私も「信用ならない大人」のひとりに加わったのだろう。

ミユキに見透かされている思いがした。私は嘘をついていないか。自分の都合で子供たちを丸め込もうとしてはいないか。言葉のひとつひとつを思い返しながら、自分の胸に問うていた。

　そうかと思えば、ミユキが子供らしくふざけて笑い、何もなかったように穏やかな表情で私に話し掛けてくる日もあった。母親との関係が良好なときは行動が落ち着いている。言葉も乱暴にならず、集中して授業に耳を傾けていた。これがこの子の本来の姿なのだと思うと、やりきれない気持ちになった。だが、その翌日には手もつけられないほどの暴言を吐き、机や椅子を蹴り上げてしまうのだ。感情をコントロールできない自分自身に苛立ち、苦しんでいるように見えた。すでに外部の機関に相談しなければいけない域に達していたのに、私はまだ自分の力で何とかできると思い込んでいた。


　暴言や授業妨害は日に日にエスカレートしていった。

　ミユキの顔色を窺うようにして、ほかの子供たちも一緒になって騒ぎ立てた。私の言葉はどんどん届かなくなっていた。この二ヵ月間、一体何を見て、何を見落としてきたのだろう。あの春先の穏やかな日々は作りものだったのだろうか。

ただひとつ救いだったのは、牙が私にだけ向いているということだった。子供に同じ思いをさせたくはなかった。それだけは絶対に。担任を追放するという目的が、クラスの結束を強めているようだ。私は大人だから大丈夫。気を強く持って、毅然と、ひとつずつ解決していこう。そう自分に言い聞かせた。

昼間の強い決意も、夜になると脆く崩れた。私は現実を受け止めきれずにいた。悪い夢を見ているのだと思いたかった。三時、四時、五時。目を閉じても眠ることができない。子供の暴言が頭の中で何度も何度も再生される。一時停止のボタンが壊れてしまったかのように、脳が休んでくれない。もう何日もこんな状態が続いている。

問題の原因を探って正面から向き合っていくつもりでいるのに、朝になると身体が震えた。朝食を食べても、学校に着くなりトイレに駆け込んで吐いてしまう。きょうは教室の中がどうなっているのだろうと想像すると、二階へ続く階段の前でしばらく躊躇してしまう。踊り場の壁に大きな姿見が掛かっていた。過去の卒業生が寄贈したものらしい。一歩一歩前のめりに階段を踏みしめてゆくと、鏡の中の虚ろな目をした自分と対峙する。顔が痩せこけてきた。頬骨だけが異様に張り出している。こんな疲れ果てた顔で子供の前に立ってはいけない。「よし」と自分の中のスイッチを押して階段を上り切る。疲れていてもなんとか一気に二階へ行ける日はまだよかった。次第に踊り場へ辿り着く前に再び吐き気を催すようになり、職員トイレに戻る日も増えてきた。

私は生ぬるい環境で、ろくに考えず、苦労をしないまま大人になってしまったのだ。だから、こんなことで動揺してしまって、阿呆みたいに動けなくなっている。とても情けなかった。

まだ六月の半ばである。私の身体は、精神は、持つのだろうか。

学校へ向かう足取りも重くなっていった。

初夏の朝、校庭に白い霧が立ち込めていた。鉄棒やジャングルジムの輪郭がぼんやりとし、まるで夢の世界に迷い込んだかのような錯覚を起こした。校舎に向かって歩いているうちに視界が遮られた。私はついさっきまで眺めていたはずの霧に、足元まですっかり飲み込まれていた。いつの間にか霧の中心に立っていたのだ。息が苦しくなった。今校内で私の置かれている状況を見せられている気がした。まだ大丈夫。まだここから、なんとかしてみせる。私は湿った空気を手で振り払い、職員玄関の重いドアを引いた。

同僚にも相談できずにいた。こんがらがって、何から話せばよいかわからないくらいに問題は広がり、手がつけられなくなっていた。言葉にしようとすると、涙が溢れてしまう。職員室でめそめそと泣くわけにもいかず、トイレの個室に駆け込んで気持ちを落ち着かせた。

それは家庭でも同じだった。

夫も高校で担任を持っている。彼の勤める職場では、まわりの教師と足並みをそろえて計画通りに授業を進めることがいちばん重要とされているらしい。だが、型にはまったことを嫌う夫は周囲の忠告を受け入れず、社会科の授業も学級運営も自由奔放に我が道を突き進んでいる。先日も「個性的な授業は必要ない、教師が個性を出そうとするな」と先輩教師から指導を受けたばかりだという。

私は保護者や他校の教師たちに紛れて、夫の公開授業をこっそり見学したことがある。夫がどんな授業をしているのか、同業者として、また妻として興味があったのだ。そこには程よく肩の力が抜けた自然体の夫がいた。生徒との何気ない会話のやりとりから本題に寄せてゆき、冷めた目で見ていた子も最後にはきちんと取り込んで、和気藹々とした雰囲気の中で学ばせていた。高校生とは思えないほど生徒がのびのびと発言し、教室全体に活気があった。まるで番組を観覧しているような、傍らから見ていても充分楽しい一時間だった。とても誇らしい気持ちで教室をあとにしたのを覚えている。

帰宅した夫に尋ねた。

「あれは見学者を意識した特別な授業だったの？」

「俺はそういうことをしないよ。そんなの意味がないから。普段の授業をそのまま見せたんだよ」

彼はなんでもないことのようにさらりと答えた。

同僚からは厄介者として扱われているが、生徒にはとても人気があった。クラスもひとつにまとまっているようだ。我が家に彼の教え子が遊びに来ることもあった。夫は歳の離れた弟や妹を相手にするように冗談を言い、時に本気で心配しながら接していた。どこにも無理をしている様子がなかった。

夫はいつも言っていた。

「学校の体裁や職員間の足並みよりも、生徒の気持ちをいちばんに考えなきゃ。とにかく教師が駄目すぎる。生徒が荒れている原因を探ろうとしていない。とりあえずその場を収めることに必死で、何もなかったように授業を進めちゃう人いるでしょ」

「うん」

「そんなの何もしてないのと一緒なんだよ」

「うん」

「そういう教師がいるから学級が荒れて、学校全体が悪くなっていくんだ」

「うん」

相槌を打つのがやっとだった。彼の一言一言が胸に突き刺さる。

「学級崩壊の原因は百パーセント担任の指導力不足。家庭環境のせいにする人がいるけど、そんなの教師失格だよ」

「うん、そうだね」

ここにいるのです。目の前に。

私もそんな情けない教師のひとりなのだとは言えなかった。私は間違いなく彼の忌み嫌う教師になってしまっている。職員室では権力のある教師の顔色を窺い、学級では子供とどう向き合えばよいかわからず、騒がしい教室を見渡して途方に暮れている。

誰も私の話など聞きやしません。気が狂いそう。いえ、すでに狂っているのです。助けて下さい。

そんな言葉がすぐそこまで出てきては押し込み、また浮上しては、押し込む。夫の話はまだ続いている。私は頷いていたけれど、もうとっくに聞くことを放棄していた。今は正しい教育論など聞きたくなかった。あなたは自分の学級が荒れたことがないからそんなことが言えるのだ。崩壊の現場に立たされたら、とても正気ではいられないのだ。ひどく責められているような気持ちになり、胸が苦しくなった。

自分が恥ずかしい。消えてしまいたい。今クラスで起きていることを夫に洗いざらい話す勇気はなかった。

次第に私は、生徒と良好な関係を築いている夫に嫉妬するようになり、学校での出来事を家で一切話さなくなった。喉がきゅうきゅうと締め付けられて「学校」という言葉すら口に出せなくなっていた。テレビをつけても耳に何も入ってこない。笑えない。食べ物の味がわからない。気が張り詰め、自分の心臓のどきどきする音が気になって眠れない。私はあなたのようにはできない。

あれは職場の飲み会の帰り道だった。

「先生のクラス、女子が難しいでしょう？」

そう教頭に訊かれた。管理職としての威圧を感じさせない、とても気さくな先生だった。

「はい、とても難しいです」

苦笑いで答えた。

「女の子は難しいよね。僕なんて初任のとき、クラスの女子全員から嫌われてね。挨拶しても無視、授業で何を聞いても無視。あからさまにプイッと顔を背けるんだから」

「それで、どうしたのですか？」

「徹底的に闘ったよ。全面戦争。無視されても毎日毎日、話し掛けた」

「その戦争は、どれくらい続いたのですか？」

「二年だよ。いやんなっちゃうよね」

「二年、ですか……」

先生にも苦しくて、苦しくて、眠れない夜があったのでしょうか。むなしくて、消えてしまいたいと思う日々があったのでしょうか。何もできない自分が恥ずかしいのです。私も先生みたいに笑って話せる日が来るのでしょうか。そう吐き出せばよかったのだ。けれど、結局何も言えないまま家路についた。

じっとりとした海霧に包まれ、前を歩く同僚の姿が霞んでいた。むせ返るような湿った夜だった。夏が近づいている。

子供たちとの溝が埋まらないまま、七月を迎えた。

あと少し。あと少しだけがんばろう。気が付けば、子供たちよりも切実に夏休みがくるのを指折り数えていた。

夏の夜にはプール当番という仕事も加わった。子供や地域住民のために学校のプールを開放し、その監視当番が回ってくるのだ。ほんの数人の利用者のために午後九時までプールサイドの監視部屋で待機しなければいけない。平日の貴重な時間がまた削られる。お金の問題ではないけれど、もちろん無給である。一日に何時間あっても足りない。揺れる水面を見つめているあいだにも刻々と時間が過ぎている。塩素のにおい、汗で張り付く前髪、羽虫の死骸。気持ちだけが焦っていた。

閉館の二十一時になった。散乱したビート板をプールサイドに立て掛け、更衣室に忘れ物がないか点検。日誌に気温と利用人数を記録する。照明を落としたあとの、しんとしたプールは神秘的だった。藍色の緩やかな流れを見ていると、思わず吸い込まれそうになる。ちょうどこんな水の底にいるような毎日だ。呼吸のできる場所を求めて懸命にもがいている。私はいつ浮上できるだろう。

プールの簡素な引き戸に鍵をかけ、最後に外灯を消した。ようやく一日の仕事が終わった。大きく息を吐き、ふと空を見上げると満天の星がきらめいていた。

今この世界には私ひとりかもしれないと錯覚する。夏の大三角を探しながら駐車場に向かって歩いた。こと座のベガ、わし座のアルタイル、はくちょう座のデネブ。星座早見盤と照らし合わせて空を眺めていた小学校時代を思い出す。

星が好きだった。頭上にひしめく無数の星を見ていると、自分の抱える悩みなど針の穴にも満たないちっぽけなものに思えた。当時の私は気の強い女の子の言いなりで何も言い返すことができず、登校時間になるとストレス性の腹痛に襲われていた。私は二十年経ってもほとんど変わっていないのだ。救いを求めるように、あのころと同じ気持ちで空を見上げている。星の圧力と海から寄せる湿度の高い風に息が詰まりそうだった。

テストの採点、授業の教材作り、職員会議や校外の会議で提案する資料の作成、学校行事の計画、少年団の指導、保護者への連絡。日々の仕事には終わりが見えない。

放課後だけでは時間が足りず、夫よりも一時間以上早く家を出るようになった。その日の朝に職員室で授業の予習や採点をして、なんとか間に合わせた。歩みを止めると背中の荷物がどんどん膨らんでゆく。毎日が綱渡りだった。

まだ布団の中で寝ている夫の分のおかずにラップをかける。あとは炊飯器からごはんをよそい、みそ汁の鍋を温めるだけで食べられるようにしておく。「いってきます」と寝室に声を掛けて出勤する。そんなすれ違いの生活が始まった。

ある日帰宅すると、三角コーナーの網目の中で、みそ汁に入れた豆腐とわかめが乾いていた。生ごみボックスの中には、ごはんとおかずがそっくりそのまま捨てられている。まったく手をつけた形跡がない。寝坊をして食べる暇がなかったのだろうか。そのときはそう思ったのだが、翌日も、そのまた翌日も、同じように朝食が無残に廃棄されていた。

「きょうも朝ごはん食べなかったんだね」

「飯を食うより寝ていたいんだ。最近時間ぎりぎりまで寝ている」

「そうなんだ。じゃあ明日から用意しないほうがいい？」

「うん、いらない」

夫はそう言ったけれど、毎日ビデオデッキに卑猥なテープが差し込まれたままになっているのを私は知っていた。そのタイトルは日々変わっている。夫はちゃんと時間通りに起きているようだった。

その日もごみ箱の中を覗くと、玉子焼きと鮭の切り身がそのきれいな色を保ったまま重なり合っていた。たまごも鮭も、そして私も、なんのために生まれてきたのだろう。私は食べ物の味がわからなくなっていた。学校に着けば全部吐いてしまうと知りながら、少しでも体力を持たせるために朝食を作り、味わうこともせず、ただ口に入れている。私のごはんは学校の便器の中に吐き出され、夫に用意したものは手もつけずに捨てられている。そう思ったら、急にごはんが不憫に思えた。作られても、意味がない。なんにもならない。ごはんには罪がないのに。滑稽だと思いながらも、私は「ごはんがかわいそう」と言いながら台所でおいおい泣いた。最近すぐに感情が不安定になり、ひとりでいると少しのことで涙がこみ上げてくるようになった。

クラスが崩壊している、学校の体制に馴染めない、眠れない、ちんぽが入らないのをずっと気にしている、私は駄目な人間だと思う、本当のことを言うと風俗に行ってほしくない、風俗に行き過ぎだと思う、でもちんぽがまともに入らないのでどうすることもできない、ごはんを簡単に捨てないでほしい。どれひとつとして言うことができなかった。

眠れない日が続き、憔悴していた。頬の肉が削げ落ちた。それでも、教室では努めて明るく振る舞った。何ひとつ反応が返ってこないのはわかっていても、前に進むしかなかった。家庭では最低限度のことしか話さなくなり、ふと気が付くと死ぬ方法ばかり考えていた。

通勤途中に高台があった。

ハンドルをちょっと左に切るだけで車体もろとも転がり落ちることのできる高さだった。朝、その湾曲したガードレールの白が目に飛び込んでくる。突っ切ってしまおうか、いやそんなことをしてはいけない。気持ちが大きく揺さぶられる。きょうが耐えられないほどつらい一日になったなら、あすの朝ここを乗り越えればいい。だから、きょうだけがんばってみよう。きょう一日だけ。死ぬことはいつだってできるのだから。私は気の迷いに流されてそのままふっと一線を越えてしまわぬようにハンドルを強く握り直した。その高台をいざというときの御守りのように思いながら、気を引き締めて学校へ向かう。

一日の勤務を終えると、手帳の日付に大きくバツじるしをつけた。きょうも苦しいことが数えきれないくらいあったけれど、こうしてなんとか乗り切ることができた。この時間まで生きていることができた。その確認の、気持ちを整理するためのの、バツだった。この手帳がバツで埋まるころ、子供たちとの距離は縮まっているだろうか。私は前を向いて生きているだろうか。

Ⅲ 極夜

死を頭の片隅に置くようになったころから、その日の思いをインターネット上に一言、二言、呟くようになった。それは日記サイトとも掲示板とも判別できない、とても簡素なサイトで、自己紹介の欄と自由に書き込めるページがあった。まだ「ブログ」という言葉も誕生していないインターネット創成期だった。

教師なのに子供を怖いと思っていること、何もできない自分がみじめで消えてしまいたくなること、死んで楽になりたいと思い始めていること。まわりの誰にも打ち明けられずにいる気持ちを綴るようになった。

やさしい言葉を掛けてもらいたいとか、理解してほしいわけではなかった。そんなことをネットの人に求めてはいなかった。どこかに放出しないと、今にも破裂してしまいそうだった。立ち直るのか崩れてゆくのか自分でもわからない。ただ、その過程を黙って誰かに見ていてほしかった。証人のように、そこに存在してくれるだけでいい。姿の見えない誰かに向かって吐き出していた。

誰かと関わりたいわけではないと言いながらもメールアドレスは公開していた。誰もあてにしていないし、誰の話も聞きたくない、信用していない。でも聞いてほしい。メールでもいいので私の話を聞いてほしい。とても矛盾していた。

アドレスを載せた途端に、日記を読んだ人からメールが来るようになった。複数の相手から一日に何通も届く。励ましもあれば、冷やかしや迷惑メールもある。その日の塞ぎ具合によって、読まずに捨てたり丁寧に返信したりした。私は精神の浮き沈みがいっそう激しくなっていた。

「おじさん」と名乗る人物と知り合ったのはそんな時期だった。

彼も日記の感想をくれたひとりだった。自分にも娘がいるけれど生意気盛りで困る、学校の先生は苦労するだろう、と労いの言葉が綴られていた。恥ずかしい話だけれど、私はたったそれだけで胸が締め付けられ、涙が溢れてしまった。学級が荒れてから、ますます誰とも心を通わせられなくなっていた。壁を作っておきながら、誰でもいいからやさしい言葉を掛けてもらいたいと切望していた。

「おじさん」と何度かメールのやりとりをするうちに、「近くまで行くから会おう」と食事に誘われた。私はネット上の人物と会ったことがない。なんだこんな女が書いているのかと幻滅されるのを恐れて断った。しかし、「おじさん」から再度誘いがあった。抵抗はあったけれど、どうせ死ぬのだし、どう思われても構わない、という投げやりな気持ちで承諾した。


指定された大型量販店の駐車場で待っていると、大仁田厚《おおにたあつし》によく似た大柄で強面の男がうろついていた。あの人でなければよいのだが。柱の陰に身を隠して祈っていると、「もういるよ〜♪　いつでも声掛けてね〜♪」という妙に明るいメッセージが届いた。必死に人影を探すもそこには大仁田ただひとりである。

「おじさん」は三十七歳だった。二十六歳の私には、どこからどう見てもおじさんだった。

彼は会うなり「お腹すいてるよね？　コンビニでお弁当でも買って行こうか？」と言った。

公園だろうか。海だろうか。彼には行くあてがあるようだ。

「どこかに行くのですか？」

私が無邪気に尋ねると「そら、ホテルですよ」と、何を今更という顔で答えた。

私は「おじさん」と卑猥なやりとりをした覚えは一切ないのだが、これがインターネットで知り合う者たちの常識なのだろうか。そんなことは暗黙の了解で、わざわざ確認するまでもないことだったのだろうか。

そう考えているあいだにも彼の足は目の前のコンビニエンスストアにまっすぐ向かっている。一緒に店に入るということは承諾を意味する。こんな重大な決断を今、数メートルの距離で下さなければいけない。無理だ。コンビニ無理。大仁田厚とホテルは無理。そもそも私はセックスができない。まともにちんぽが入らない奇形びっくり人間なのだ。それを初対面の人にどう説明すればよいのか。

ぐずぐずと悩み、結局何も言えぬまま店に入った。私はサンドイッチを手に取った。彼はそれを同意とみなしたようだ。

「一緒に払うよ」と、この日初めて笑顔を見せた。

もうあとに引けなくなった。

ああ、なんということだ、と思いながらも、助手席に乗せられ、その数分後には安っぽい壁の色をしたラブホテルの、小さなガラスのテーブルにサンドイッチを広げていた。正面にはからあげ弁当をがつがつと頬張る「おじさん」がいる。

とんでもないことになってしまった。いきなりこんな展開になるものなんだ。どこか他人事のように上から眺める自分がいた。他人事であってほしかった。当然するのだろうな。しなきゃいけないのだろうな。私の中の刑事が「できるだけ会話を引き延ばして」と、しきりに指示を出してくる。サンドイッチをゆっくり、ゆっくり口に運んだ。

とりあえず少し冷静になろう。「おじさん」から離れて洗面台に両手をつき、ふうと深く息を吐いていると、背後の暗がりから、ぬうっと手が伸び、分厚い胸板に抱き寄せられた。いきなり首筋をぺろぺろと舐められた。

ひいいいいいいいい。むりいいいいいいい。

私の全神経、全器官が叫んでいた。

私は血の溢れるセックスしかしたことがない。高校時代に初めてしたときも、そして夫とも。私の身体は、まともではないのだろう。きっと何かの病気だ。私は奇形。私は不能。私は血まみれ。私にはジョンソン。そしてまた今、わけのわからない「おじさん」と、振り返りたくもない思い出を作ろうとしている。どうせ死ぬのだし、という思いだけが頼りだった。どうせ死ぬ。どうせ私はもうすぐガードレールを突っ切って死ぬ。もうひとりの自分が冷めた目で俯瞰していた。

すべてが終わったあと、汗まみれの「おじさん」が板をへし折るゴリラのように私をぎゅうと強く抱きしめて言った。

「君は大丈夫、全然大丈夫」

入ってしまった。

血は一滴も出なかった。

私はまったく好意のない「おじさん」と、まったく問題なく事を終えてしまった。

なぜだあと叫びたかった。認めたくなかった。全ちんぽの無血。なぜ大仁田で無血なのだ。大仁田こそ流血すべきだろう。シャワーを浴びに向かう汗まみれの「おじさん」の背中は、まさに一試合終えたレスラーを思わせる貫禄があった。

私はこの事実を受け入れることができないまま、慌てて服を着た。今すぐここを立ち去りたかった。

浴室から戻った彼は、帰り支度を始めた私を見て、目を丸くした。

「まさかこれでおしまいってこと？　たったの一回しかしてないじゃん」

まだ続けようとしていたことに驚いた。ふつうはするものなのか。一回もまともにできたことのなかった私には「ふつう」がわからない。

この「たったの一回」にどれほどの月日と困難があったか、この人に説明したところでわからないだろう。この気持ちをわかり合える相手はひとりしかいないのだ。

「じゃあ、また会ってくれるって約束する？」

「……いつか、また」

「いつかじゃ嫌だよ。具体的に言ってくれなきゃ嫌だよ」

一回寝たくらいで面倒ください。

そんなどこかで聞いたような言葉が自然と喉まで出てきた。私は身も心もすっかり擦れてしまったようだ。もう連絡を取るのはやめよう。私はその日のうちに「おじさん」の番号を受信拒否に設定し、電話帳から消した。


しかし、不覚にも「全然大丈夫」の言葉に少なからず勇気付けられてしまった自分がいる。性的に、なのか、人間として、教師として、なのかわからないけれど。まともにセックスができない、私は異常なのかもしれない、という数年来の悩みを野獣のような風体のおじさんが、いとも簡単に身をもって解決してくれた。それは否定できない事実だった。

その晩は、すぐに眠気がやってきた。布団に転がり込み、胎児のように丸くなったまま、朝までぐっすりと眠ることができた。こんなことは何十日ぶりだろう。異動以来初めてだった。

思い起こせば、その日は朝から仕事のことを一度も考えなかった。頭からすっぽりと抜け落ちていた。それどころではなかったのだ。

その日から私は、あっという間に堕落していった。

苦しいことが積み重なると、知らない男の人と会うようになった。学級が崩壊したスピードと同じくらいの速度で闇に堕ちてゆくのがわかった。

知らない男の人からのメールは連日届いた。どの人も私のことなんか何も知らないのに、簡単に「会おう」と言う。かろうじて心がまともに働くときは「あほか」と受信拒否に設定し、翌日の仕事が不安で、いてもたってもいられなくなったときは安定剤を飲むような感覚で「了解です」「いつがいいですか」と何人もの相手に立て続けに返信していった。そうすると、目の前の不安が少しだけ霞み、死ぬのを先延ばししようと思えてくるのだった。

男の人と会い、しようと言われたら、した。精神が病んでゆくにつれ、「私はメールをくれた全員とちゃんとヤらなければいけない」という義務感のような、強迫観念のようなものに取り憑かれ、ひとつひとつ地道にこなしていくようになった。

ずっとまともにセックスができなかったのに、学級が崩壊したことでセックスに依存するようになるなんて、どうかしていた。まともにできるようになったからといって、その行為を好きになったわけではなかった。しなければいけない、という思いに強く囚われていた。誰でもいいので「君は全然大丈夫」と言ってもらいたかった。

傍目には何も変化はなかったと思う。

学校へ行って、授業をして、ミユキが荒れて、それにつられてほかの子も騒ぎ始める。それでもなんとか時間をかけて着席させて、問題を起こした子の親と面談をして、バスケ部の練習に顔を出して、家に帰って、夕飯を作って、翌日の授業の準備をして、不能だから手や口で出して、布団に入るも朝方まで覚醒し、そしてまた重い体を引きずって学校へ行く。それが平日の私だった。土日になると、ひとりも十人も一緒だと開き直って知らない男の人に会った。

「とにかくもう学校や家には帰りたくない」なんて尾崎の歌詞が、二十六歳で教師で既婚の自分に、ひどく重みを持って響いていることが滑稽に思えた。

学校へ行くことの不安が際限なく押し寄せてきて頭も胸もぱんぱんになっていた。心を無にしようとテレビをつけるが、画面に子供が映ると、もう駄目だった。荒れたシーンは自分のクラスを連想させ、子供を囲む家族が映ると「私はどうしてこうなれないのだろう」と、ひどく落ち込む。

眠れないことで、夢と現実の境界が曖昧になっていった。今、私が見ているものは本当の世界なのだろうか。教壇に立ち、子供の前で話をしているときも、どちらの世界にいるのかわからなくなり、何度も何度も自分の胸に問いかけた。

アリハラさんという三十代の男性もまたメールを通じて知り合った人だった。彼は職場の人間関係に疲れて精神を患い、前年まで休職していた。春に復職してからは、電話を取り次いだり、同僚の資料作りを手伝ったりしているという。

「暇だから会社の電話帳に載っている電話番号を『あ』から順に暗記しているんだ」

「携帯の時代なのに」

「でも番号を覚えていると時間が早く過ぎてくれるんだ。苦しくないんだ。郵便局は××××、図書館は××××、クロネコヤマトは××××、出前の蕎麦屋は××××」

アリハラさんは胃の内容物をすべて放出するように次々とそらんじた。

彼は山に対して異常な性的興奮を覚える人だった。冗談を言ったり、変人を装ったりする人ではない。とても静かで真面目な人だった。

だから、誘われて初めて一緒に登った山の頂で、いきなり彼が自慰を始めたとき、私はただ呆然と立ちすくむしかなかった。アリハラさんがおかしくなってしまった。もしかして、これが高山病というやつなのか。彼は大きな岩に腰掛けて、感情を持たない化け物のように高速でちんぽをしごいていた。その尻だけがとても白かった。

神聖な山頂で、人の狂うさまをまざまざと見せられた。荒い息使いのアリハラさんと、その背後に広がるカルデラ。私はカメラのレンズの焦点を絞るように、交互に盗み見た。そして、ここに私がいる意味を考えていた。

ファスナーをすっと引き上げ、シャツを直したアリハラさんは、私のほうを振り返って「コーヒー飲む？」と尋ねた。ようやくこっちの世界に戻ってきてくれた。その仕草があまりにも自然すぎて、さっき見たものはまぼろしだろうかと疑った。

アリハラさんは大きなリュックサックの中から登山用のガスストーブを取り出して湯を沸かし、一杯ずつ丁寧にコーヒーをドリップした。無駄な動きがひとつもない。これがこの人の山の手順なのだろう。ますます先ほどの珍妙な光景と乖離する。

あの数分間の出来事について、お互い一言も触れなかった。山とアリハラさんのあいだには、きっと何か深い繋がりがあるのだろう。信仰にも似た何かが。私に立ち入る隙などない。

夏から秋にかけて、アリハラさんと四度、山に登った。彼は山と四度の情事を重ね、私は四度それに立ち会った。立会人に選ばれたのだと思うようにした。ただ見ていてほしいのだと、勝手に解釈した。きっと私のネット上の日記と同じなのだ。

そんなアリハラさんから突然「出張のおみやげを渡したい。数分でいいから出て来られないか」というメールが届いた。

土曜日の夕刻、台所で細かく刻んだ玉葱を炒めているときだった。私は事前に約束した人としか会わないことにしていた。急な連絡は困る。恋人でもなんでもないのだから。しかし数分ならば。そう気持ちを動かされ、飴色になった玉葱を鍋に残し、コンビニへ出かけるようにふらりと外に出た。おみやげを受け取ったらすぐに帰るつもりだった。

ひとけのない駐車場に彼の車が停まっていた。

運転席を覗くと、彼が難しい顔をして夏山ガイドを開いている。彼にとって山岳ガイドはエロ本のようなものかもしれない。職場の休憩時間にも堂々とページをめくることのできるグラビアだ。山肌、岩肌、隆起、標高、円錐形《えんすいけい》、V字谷、お花畑。そのひとつひとつが妙に艶《なまめ》かしい響きに聞こえてくる。

私は窓をコツンと叩いて、助手席に座った。

「出張が続いて、ここのところ山に登れてないんだ」

「出張、できるようになったのですね」

「そうなんだ、少しずつ前のようにね」

「ところで、おみやげ」

そう言って、アリハラさんは和紙の包み紙をほどいた。高級そうなきんつばだった。

アリハラさんは私の口にきんつばを押し込み、私に咀嚼させてから舌を差し入れ、そのぐちゃぐちゃになった小豆を奪って食べた。その日の私は咀嚼機だった。きんつばが終わると、今度は、ういろうの包みをほどく。名古屋をこんなふうに穢して食べることになるとは思わなかった。逃げ出したい。しかし、アリハラさんはやめようとしない。山と向き合うときの、きちがいの目をしている。アリハラさんがやめないのならば私も脱落するわけにはいかない。根比べのような気持ちで付き合う。

そうして、取っ組み合って闘うようにして、きんつば四個と、ういろう四個を咀嚼して食べさせた。こんな下等生物のようなことをしているのに一度も笑いが起きないのは薄気味悪かった。

胃は空っぽなのに、舌には小豆の甘みがしつこく残った。あんこまみれになった口を拭おうとすると、アリハラさんが「もう少し、そのままでいて」と言い、光の速さでスサササササとちんぽを擦り、私の口に精液を入れた。

今、私は山の代わりなのだと思った。誰かの代わりではなく、山の代理。私は花崗岩で、お花畑で、槍ヶ岳。こういうときはどうすればよいのだろう。地鳴りを響かせることもできない。自分の置かれている状況を深く考えないよう、心を無にした。

アリハラさんに犯され、精液を放たれた山を想像する。雪が解け、新芽が萌える季節になると、各地の山頂に蒔かれたアリハラさんの種がいっせいに膨らむ。山々が競うようにしてクロネコヤマトや蕎麦屋の電話番号を暗証し始める。やまびこが身に覚えのない数字を返してきたならば、それは彼が交わった山だ。


知り合った男の人たちは年齢も職業も境遇もさまざまだった。バツ二の人も大学生も、高学歴も無職も、精神を病んでいる人も弱視の人もいた。

「君はどうしてこんなことをしているの。自分を安売りしてはいけないよ。これじゃ無料の風俗じゃん」

そう言って私にタオルで目隠しをして、両手首を紐《ひも》で縛《しば》る四十代のおじさんがいた。

おじさんが紐持参、紐じいさん、ひもじい。心が、ひもじい。

心を無にして気を紛らわせようとしたら、今の自分の状況に辿り着いた。目隠しをされていてよかった。こんな世界は見えないほうがいい。

かと思えば「あなたと旦那さんの関係を想像したらなんだか悲しくなってきちゃった。夫婦なのにセックスできないなんてつらいだろうね」と、ぽろぽろ涙をこぼしながら射精する人もいた。その人には何かの弾みで、「ちんぽが入らない」という現象について打ち明けたのだった。どの人も、どこかしら病んでいた。

精神がぎりぎりになり、子供や同僚、そして家族からもひどく蔑《さげす》まれている妄想を抱くようになっていた私は、誰かに必要とされるだけで感情が抑えきれなくなり、わっと泣き出すようになった。それが出会い目的の男の人であったとしても。

何の繋がりも信頼もない薄っぺらい関係が、そのときの私にはちょうどよかった。ただの身体だけという軽薄さに、私はずいぶん救われてしまった。身近な人には口をつぐむのに、そういう知らない相手には安心して吐き出すことができた。

私はからっぽになってしまった心を、相手は性欲を満たす。私はその人でなくてもよくて、その人も私なんかじゃなくていい。ただ身体を貸しているのだと思った。身体を貸し合っている。求めるものは違っていても、それで成り立った。少なくとも知らない男の人と会っている時間は学校のことも、夫のちんぽが入らないことも考えずに済んだ。束の間、現実から逃げることができた。

私のしていることは痛みから目をそらすために、新たな傷をこしらえるようなものだった。痛みを忘れていられるのは、ほんの少しのあいだだけ。何もいいことなんてないのに、ただ心と身体が無闇に汚れるだけなのに、自分と同じように荒んでいる人に会うと妙に安心した。その人を通して、自分を見ているような気がした。

強引な人や日常生活に介入してくる人とは一度きりで会うのをやめた。同じ距離感を保ってくれる、どこか冷めたような人とは何度か会った。私は相手に対して恋愛感情を持たないし、向こうも私のことを都合よく扱っている。それでいいと思った。なぜこんなに気持ちが擦れてしまったのか。現実の、真面目さだけが取り得だった自分との隔たりがどんどん大きくなってゆき、もうひとつの人格のように居座っている。でも、どちらも紛れもない自分なのだ。

深夜、目を閉じて横になると、荒廃した教室が瞼の裏に映る。みるみるうちに鼓動が激しくなり、身体ががたがたと震える。水底に引きずり込まれるような恐怖に襲われて、うまく呼吸ができない。妄想と幻聴。これが始まってしまうと、その晩はもう眠ることができない。椅子を投げつける音がする。驚いてあたりを見渡すが、そこには豆電球に照らされた天井の木目があるだけだ。教室と同じ冷えきった空気が、皮膚に伝わる。これは明日の風景なのか。それとも本日のおさらいか。きつく目を閉じても、地続きの世界を延々と見せてくる。「見る」ことをやめることができない。おまえはここから逃げられない、と言われているようだった。

やがて、窓の外が白々と明けてゆく。一睡もできなかった焦りと苛立ちをどこにもぶつけられぬまま、重い足取りで学校へ行き、教壇に立つ。頭の中に石ころを詰め込まれているようだった。浴びせられた暴言、言えなかった言葉。それらがすべて石となって堆積していった。石ころは夜に増える。一晩、一晩、増えてゆく。いっそ指の先まで、かちんこちんに固まって、化石になってしまいたい。頭から土を被り、誰にも邪魔をされずに深く眠りたかった。

夫との生活にも、ちょっとした変化があった。

ある晩、夫がメロンの形の容器に入ったものを差し出した。

「いつものやつより、こっちのほうがいいと思う」

ローションだった。ひとりでこういうグッズを買いに行くような人ではない。一体どこで手に入れたのだろうと気になったが、訊けなかった。ラブホテルの自販機に並んでいそうな商品だった。誰と行ったのだろう。私にそんなことを思う資格はないのに、つい勘繰ってしまった。

私たちは、救世主ジョンソンベビーオイルを卒業し、メロンの香りのするローションを使い始めた。おそるおそるジョンソンを塗るよりも、性行為目的に作られたそれを使用するほうが安全なのだろう。

蓋を開けると、気味の悪いくらい人工的な甘いにおいが、ふわあっと広がった。これで痛みが少しでも緩和されればよいのだが。そう願いながら私はメロン液をてのひらに垂らす。藁にもすがる思いで夫のちんぽに塗り込む。入って下さい。血が出ないように入って下さい。御神木《ごしんぼく》を撫でるように塗り込む。まるで祈禱《きとう》のようだった。メロンの液を塗られた御神木が私の中に入ってきた。めりめり、みしみし。神の怒りに触れたように内臓が圧迫される。陰部が裂けているのがわかる。痛くて先のほうしか入らない。祈ってみたけれど、いつもと変わらなかった。これが私たちの限界なのだろう。

血まみれ精子まみれになった夫のちんぽは無駄に甘い果実の香りを放っていた。このまま森を歩けば蜜を求める虫が寄ってくるに違いない。

私たちはこんなことをしてまで繋がらなくてはならないのだろうか。

交わったあとには、いつも同じ問いの前に立たされる。夏以降さまざまな人と出会い、私はますますセックスというものがわからなくなっていた。どうしてほかの人とは、すんなりとできてしまうのだろう。夫とはどういう関係を築けばよいのだろう。もう何が何だかわからなくなり、タオルケットを頭から被って泣いた。寝具には嫌になるほど甘いにおいが沁み付いていた。

ジョンソンやメロン液でちんぽがかろうじて入ることがわかったものの、私たちは次第にセックスを回避するようになった。以前にも増して私の局部が裂け、鼻血のようにとくとくと鮮血が溢れるようになってしまったからだ。

「きょうはお腹が痛いからできない」と私から断ることが増えた。何年もかけてようやく入る方法を見つけたのに、また元の場所へ戻ろうとしていた。私はもう服を脱ぐこともなくなった。精子にまみれてべたついた髪と顔を洗って寝室に戻ると、夫がすうすうと寝息を立てている。むなしい、と思う。これでいいのだ、とも思う。これが私たちにできる最大限なのかもしれない。

病院へ行くという考えは、ふたりのあいだで一度も出たことはなかった。私の身体は異常なのだろうかとずっと悩んでいたけれど、夫以外の人と問題なくできることを知ってしまってからは、その思いも変わった。夫とだけ、うまくできない。夫のだけが入らない。

できればセックスなんてしたくない。どうしてもしなければいけないのなら知らない人がいい。

高校の更衣室で、女子たちの経験を耳にするたびに頭から浴びた波の粒が、まだどこかに残っているような気がした。おかしいのは身体ではなくて、心のほうではないか。入らない、入らないと嘆いているけれど、入ってしまったら、それはそれでもっと苦しくなるのではないか。身体も心も、ままならない。ぼんやりと闇を見つめたまま、時間だけが過ぎていった。

秋が深まるにつれ、ほとんど食事が喉を通らなくなった。朝と夜は食べなくなり、給食だけでわずかな栄養を摂取した。相変わらず布団に入ってもなかなか眠ることができず、外が明るくなるころになってようやく一、二時間うとうとした。いよいよ限界が近づいていた。

一日の授業が終わると、ぴんと張り詰めていた糸が切れる。私は、放課後の誰もいない教室で、机に突っ伏して眠るようになった。変声期前の高く伸びやかな野球部員の掛け声が遠くから聞こえる。私もそろそろ行かなくては。ジャージに着替え、バスケットボール部の指導につく。やらなければいけないことで溢れていた。それは私だけではなく、ほかの教師も同じであるはずなのに、彼らにはどこか余裕が感じられた。揺るぎない信念と子供への愛情が感じられた。どうして私は、そうなれないのだろう。目が血走り、怯え、疲れきっている。鏡の中の自分に目を向けられなくなっていた。

校庭を囲むように等間隔に根を張るカシワの樹が赤茶色の葉を揺らしている。先ほどまで野球部のノック音と掛け声が飛び交っていたグラウンドは閑散とし、夕日が影を落としていた。

そんな初冬の気配を感じながら職員玄関を出た私に、ブランコで遊ぶ親子が手を振っている。保護者だろうか。お父さんがひときわ大きく手を振っている。誰だろう。目を細めて数歩近づき、爪先がぴたりと固まった。「おじさん」である。見間違えるはずはない。あの大仁田の「おじさん」が小さな娘を連れてやって来たのだ。彼には、あれ以来一度も会っていなかった。

「どうして、ここに？　私、職場を言いました？」

「だって、あれから連絡くれないんだもの。メールしても無視するんだもの。来ちゃった」

女子のように肩をすくめたが可愛くない。全然可愛くない。

「どうして職場がわかったんですか？」

「君さあ、不用心すぎるよ。メアドに名前入ってるじゃない。そこから職場を割り出すなんて、僕には簡単なんだよ」

「おじさん」は得意気だ。

「でも、おじさんもアドレスに名前入ってますよね？」

「えっ？　あれ信じちゃった？」

送信者名には荒真草介と書いてあった。

「ちゃんと読んでみ？」

「あらまそうすけ？」

彼は笑いを堪えている。

「違う、違う。あらまそうかい。ダジャレだよ」

「あらま……？　そうかい……？」

首を傾げながら一文字ずつ噛みしめて読んだ。くそじじいであった。はあ、そうですか。世の中って、そうなっているんだ。本名でメールを交わしていたことが、とんでもなく恐ろしいことなのだと今更ながら気が付いた。

「僕、遠くに転勤することになっちゃったの。その前に君にもう一度会いたくなって。でも会ってくれないのはわかっているから、来ちゃった」

これでは「おじさん」が純粋な少女で、私が悪い男みたいだ。

「はあ」

「あとひとつ忠告しようと思って。君が日記がわりに使ってるサイト、あれ母体が出会い系のやつだから、寄ってくる男はみんな出会い目的だよ。たぶん知らずに使ってると思ったから、それを教えに来たの。だって君だけ使い方がマジなんだもの。かなり浮いてるよ。いい加減気付いてよ」

ひっきりなしに誘いのメッセージが届く理由がようやくわかった。私は出会い目的の場で、くそ真面目に人生を憂い、嘆いていたのだ。しかも本名を丸出しにして。あまりにも滑稽すぎた。世の中を知らなすぎる。

「いろいろ教えていただき、ありがとうございました」

最後は深々と頭を下げて別れた。心から感謝していた。悲観的な自分語りも抹消した。その後「おじさん」が、どこでどんな暮らしを送っているかは知らないけれど、「あらまそうかい」のセンスはやっぱり0点だと思う。

出会い系サイトの利用者からすると、私は「嘘の日記を書いて人物像をしっかり作り上げてまで男を捕まえようとしている飢えた女」だったらしい。そんな必死さが物珍しく、毎日たくさんのメールが来ていたようだ。

「インターネットに個人情報を書いてはいけませんよ。誰に悪用されるかわかりません。その気になれば簡単に住所だって突き止められてしまうんです」

そう子供たちに注意を促している場合ではなかったのだ。

十二月を迎え、底冷えの厳しい日が続いている。朝、学校に到着する前のひとあがきのように、私は薄氷を見つけては音を立てて踏み付ける。しゃりん。ぱりん。ストレスを発散するために皿を割る人がいるというのもわかる気がした。私は毎朝、足元に用意された皿を一枚、また一枚と躊躇なく割りながら職員玄関に向かう。

春先に子供たちと植えたマリーゴールドやサルビアの花壇に雪が降り積もっている。紫色の葉牡丹だけが静脈のように浮き立っていた。きょうもガードレールを乗り越えずにここまで来られた。葉牡丹も私も、まだ生きている。

朝の職員会議で、次年度の希望学年を記入する調査用紙が配られた。通常ならば、私には引き続き今のクラスを受け持ち、無事卒業させる責任がある。その欄に「六年生」と書くだけでよいのだ。しかし、いつまで経ってもペンを持つ指が動かなかった。提出期限が迫っても、一年後の自分の姿が何も見えない。このままでよいのだろうか。よいわけがない。教師としてのやる気どころか、生きる気力も、とうに消え失せていた。毎朝学校に出てくるだけで、いっぱいいっぱいだった。男の人に会うことにも疲れ始めていた。好きではないのだから当然だった。疲れがいくつもの層となって蓄積し、一週間すべてが苦しみの曜日となっていた。

すべてを投げ出して楽になりたかった。このまま教師を続けるか、死ぬか。私の中にはずっとその二つしか選択肢がなかった。でも、続ける勇気も、死ぬ勇気もなかった。死を意識しているのに、現実味は薄かった。どこか漠然としていた。

その用紙を手にして、私はようやく気が付いたのだ。学校を辞めれば済む話ではないか。これを空欄のまま提出すればよいのだ。死ぬよりもずっと、ずっと簡単なことだった。

空欄の用紙を手に、校長と教頭に退職の意向を伝えた。

ふたりは「何も辞めることはない」と慌てて制止し、休職することを熱心に勧めた。

「半年でも一年でもいい。診断書をもらって少し休むといい。辞めるなんてもったいない」

本当に心からそう思っているのだろうか。学校の体裁や代替の手間を考えて説得しているのではないか。私は人をすぐ疑うようになり、思考がすっかり卑屈になっていた。

「身体が、もう駄目なんです。もう限界です」

休職。それも選択肢にはなかった。数ヵ月休んだくらいで私の心身は回復するだろうか。復職する日のことを考えて眠れなくなり、いっそう心を病んでいる姿が容易に想像つくのだった。疲れや一時的な気の病などではなく、私の人間性に関わる根本的な問題だ。私はずっと教師になりたかった。憧れていた。けれど、なりたいものと向いているものは違うのだ。頭ではわかっていたけれど、努力すれば近づけると思っていた。表向きは成り立っていたのかもしれないが、心が追いつかなかった。

校長室での話し合いは長時間に及んだ。その不穏な空気を察したのか、日ごろから私の指導方法を厳しく批判していたサクライ先生が、手招きをして私を廊下へ呼んだ。夕刻と思えないほど空の色が重い。軒下にはいくつもの氷柱が垂れ下がっていた。

「もしかして辞めんの？」

「はい……体調がどうしても……申し訳ありません」

「そうか。きついこと言ってきたけど、あんたには期待してたんだ。残念だ。でも教師だけが仕事じゃねえよ。やろうと思えば仕事なんていくらだって見つけられる。身体が治ったら新しいこと始めてみなさいよ」

意外だった。大きな溜息をついて呆れられると思った。「だから女は駄目なんだ」と、いつもの強い語気でなじられると思った。目の前のサクライ先生は慈愛に満ちた目をしていた。少し乱暴だけれど、その先生らしい、とても愛情のある言葉だった。これまでたくさん厳しいことを言われてきたけれど、こうなる前に一言相談していれば学級を立て直す手がかりをもらえたのかもしれない。批判を恐れ、そうすることを避けてきた自分がいけなかったのだ。

教師になるための勉強しかしてこなかったから、自分がこの先どう生きていけばよいのか、まるでわからなかった。ほかの何かになるなんて考えたこともない。私はサクライ先生の言う「新しいこと」を見つけられるのだろうか。

　仕事なんていくらだって見つけられる。

　私はこの先、路頭に迷いそうになったら、底冷えのする廊下で彼と交わした言葉をひとつひとつ思い出すだろうと思った。


　退職を決めてからは胸の上に積まれた石が一個ずつ取り除かれてゆくように呼吸がしやすくなった。気が付いたときには、通勤途中にある高台のガードレールを特別な思いで睨むこともなくなっていた。きょうも死ねなかった、と悔やんだ夏。死ぬのは明日でもいい、と先延ばしにした秋。そして一度も死が頭をよぎらなかった二月下旬のきょう。私は不思議な気持ちでガードレールを見送っている。今にきっと、その存在さえ目に入らなくなるはずだ。

　両親は、私の退職を「ほんのちょっと嫌なことがあったくらいで辞めるなんて情けない。根性がない。大学にも行かせたのにあほらしい」と嘆いた。

昔から私の気の弱さ、社交性のなさが母を苛立たせた。私は子供のころから肝心なことを母に隠していた。火種になるようなことをわざわざ話さないほうが身のためだと思っていた。せっかく安定した職に就き、親を安心させることができたのに、その道を自ら断ってしまった。この一年間ほとんど実家に帰らなかった。身内や知り合いまでもが、みな敵に思えて、誰とも話をしたくなかった。当然、私のクラスで何が起きていたかなんて言わなかった。親にとっては「ほんのちょっとの嫌なこと」で片付けられてしまうような一年なのだと知り、やるせない気持ちになった。

夫にどう話そうか迷ったが、言い訳をせずにまっすぐ伝えようと決めた。反対されるかもしれない。理由を詳しく訊かれるかもしれない。そのときは学級が崩壊していたこと、心身が限界だったことを打ち明けようと思った。

「学校を辞めようと思ってる。もう校長には相談した。辞めてもいいかな」

「自分のしたいようにすればいいじゃない」

「うん、そうする」

交わした言葉はたったそれだけだった。拍子抜けするくらい、あっさりとしたやりとりだった。いつものようにぶっきらぼうな一言だったけれど、胸に深く沁み入った。夫はすべてわかっていたのかもしれない。

夏の終わりごろから、私は家に帰ると一気に疲れが押し寄せ、明かりもつけずに絨毯の上に倒れ込む日が続いていた。ひと足遅れて帰宅した夫は電気をつけて「ひっ」と短い声を上げた。私はいつの間にかテーブルの下に身体をすっぽりと収め、胎児のように膝を抱えて眠っていたようだ。物陰にいると心が落ち着いた。消えたい、隠れたい、という願望が無意識のうちに表れていたのかもしれない。そんなことが何度かあった。夫に何も事情を話してこなかったけれど、やつれ、言葉を発しなくなった私を見て、こうなることを予想していたに違いない。

日差しがやわらぎ始めた三月。修了式の朝に私はクラスの子供たちの前で退職することを伝えた。

私の表向きの退職理由は実に曖昧なものだった。精神のバランスを崩して日常生活がままならなくなり、眠れず、夢と現実の区別が曖昧になり、あなたたちのことを考えると不安になって突然死にたくなったり、耳鳴りで自分の声が押し潰されたり、自暴自棄になって知らない人とセックスをしてしまったりして、もう人間として駄目なんです、死んだほうがましなんです、とは子供の前で言うことはできなかった。

「半年前から原因不明の身体の不調が続き、病気をきちんと治すために学校を辞めることにしました」

原因不明なんかではなかった。自分の心の弱さがすべてだった。けれども、退職という動かしようのない事実を前に、これまで敵意をむき出しにして暴れていた女の子がひとり、またひとりと涙をこぼし始めた。ふと見るとミユキも目に涙を溜めている。

皮肉なことに、退職を決意した冬ごろから、少しずつクラスが落ち着きを見せ始めていた。勝手に背負い込んでいたものをぶん投げ、身軽になって、心に余裕が生まれたせいかもしれない。全体を冷静に見渡せるようになった。本当は自分が思っているほど、ぐちゃぐちゃではなかったのかもしれない。本当は、本当は、と自分のしてきたことを必死に正当化しようとしていた。みじめなことだ。私が駄目だったことには変わりないのに。

「私たちのせいで病気になってしまったんですよね」

おとなしいけれど芯の強い女子が言った。この子は秋ごろから私に対する反抗をやめた。それに従うように、数人の女子がミユキの暴動に加勢するのをやめた。時間は掛かるけれど、辛抱強く向き合えば糸口が見えてくるのだ。ちゃんと伝わったのだ。けれども、せっかく子供たちが振り向いてくれたのに、私は逃げることを選んでしまった。

「違いますよ。私はもともと身体の調子が悪かったのです」

私は卒業まで責任を持って送り出せないばかりか、子供たちに余計な罪悪感まで植えつけていた。

日直の号令で、教員生活最後の「さようなら」をした。別れを惜しむように子供たちが私を囲んだけれど、ミユキはそれを横目にひとり教室を出て行った。

誰もいなくなった教室で、壁の掲示物をひとつずつ剝がしていった。給食の献立表には鉛筆で「担任死ね」と強い筆圧で何度もなぞられている。サインペンで大きなバツ印を付けられている学級通信、「担任消えろ」と彫られた教卓と椅子。完全にいじめじゃん。今なら苦笑いでそう言える。

中学のときにも似たようなことがあった。登校すると私の机に、付き合っていたヤンキーの名前が油性ペンで落書きされていたのだ。全然変わっていない。そんなことを思い出し、ヤスリを使って教卓の文字を消しているとミユキが戻ってきた。まっすぐ私のほうへ向かってくる。

「はい、これあげる」

それは二十四枚撮りのインスタントカメラだった。

「どうしたの?」

「今、体育館や家庭科室やグラウンドをまわって先生のために撮ってきてやった。この学校の思い出にすればいいんじゃない?　あとは自分の金で現像してよ」

照れ隠しのような乱暴な物言いに、思わず吹き出した。ミユキもつられて笑った。なんて毒のない、子供らしい顔だろう。どうして普段の学校生活の中でこんな表情をさせてあげられなかったのだろう。私は彼女から逃げてしまったのだ。

学校の帰りに写真館へ寄り、インスタントカメラを現像してもらった。グラウンドの隅に寄せられた灰色の雪山、ネットのほつれかけたバスケットゴール、校長室の前に並べられた寂しげな盆栽、家庭科室のガスコンロ。ミユキの撮った写真は見事に全部ブレていた。慌ててシャッターを切り、次の思い出の場所へと駆け出してしまったのだろう。その歪みのひとつひとつに彼女の不器用さが写り込んでいる。

春に向かう気温のゆるみが、そのままミユキと私の関係のように感じられた。勝手にそう思った。

Ⅳ 朝暉

二十七歳、春。無職になった。

ごはんを食べ、思い煩わずに眠る。ただそれだけで、感情の先っぽが丸みを帯びていった。日ごとに身体の中の毒が抜けてゆくのがわかった。しばらく外に出る気も起きず、ただ家の中でじっとしていた。抜け殻だった。抜け殻ならば抜け殻らしく、少しは開き直って怠惰な暮らしを貪っていればよいものを、自意識だけは健在で、どこへ行くにも人の目が気になった。何もしていないことが恥ずかしくて、後ろめたくて、スーパーの売り場で知り合いを見つけては逃げるようにしてその場を離れた。

どういう風の吹き回しか、ミユキをはじめ、問題を起こしていた子供たちが私の家に遊びに来るようになった。今度の担任は五十代後半の経験豊富な女性だった。きっと彼女も異動してきたばかりで、何も事情を知らされないまま受け持つことになったのだろう。「新しい人に任せておけばいいんじゃない？」と丸投げするサクライ先生の顔が浮かんだ。

「あのおばさん超うるせえの」

「先生なんて比べものになんないくらい口うるさいよ」

「もうみんなから無視されてるし」

「先生戻ってきてよ」

子供たちはポテトチップスをつまみながら新しい担任の悪口を言いたいだけ言い、それを私がきつくたしなめる。彼女らは、ひと通り大騒ぎをすると、きゃあきゃあと連れ立って帰って行った。

やみくもに引っかき回し、大人たちの慌てふためく顔を見て喜んでいただけだったのかもしれない。成長過程にありがちな、なんでもないことなのかもしれない。けれど、その性根を悲しく思った。どうして子供の心がそんなに荒んでしまったのだろうと考えているうちに、自分の心が病んでしまった。彼女らの衝動を受け止め、正しく導く技量と経験が、私には著しく欠けていたのだ。

それからまもなくして、受け持っていた女子バスケ部の大会が行われることを知った。私はひとり、会場へ向かった。部員にも保護者にも、そして監督を引き継いでくれた教師にも合わせる顔がなく、二階席の隅のほうで応援した。

ミユキもレギュラーに選ばれていた。指示を出す監督の目を見て、しっかりと返事をしている。六年生らしく、後輩に目を配り、声を掛けている。ふてくされた顔で私にボールを投げつけた、あのころの彼女はそこにいなかった。

やっぱり私が持たないほうがよかったのだ、と胸を突かれた。私の教え方が甘かったから子供たちを駄目にしていたのだ。チームは相変わらず弱いままだったけれど、部員の態度は明らかに変わっていた。声が出ている。足がよく動き、積極的にボールを取りに行っている。ひとつにまとまっている。私はなんて頼りにならない教師だったのだろう。誰にも会いたくなかった。試合の終わりを告げるホイッスルが鳴る前に、私は足早に会場を去った。

肩書きのなくなった、ただの無職の私に、母は「早く子供を産みなさい」と言った。

母さん、私は夫のちんぽが入らないのです。

両親も妹も同級生も、昔一緒に働いていた人たちも、私の顔を見ると「今、何しているの」と訊く。その質問に悪意など微塵もないことはわかっている。本当に純粋に、何をしているかと問うているのだ。私は「何もしていない」と答える。本当のことだ。すると「何もしていないわけないでしょう。じゃあ、きょうの昼間は家で何をしていたの」と再び訊いてくる。時間を狭めたところで、やはり私は何もしていないのだ。「じっとしていた」と言うと、相手はようやく苦笑いで解放してくれるのだった。

お饅頭に「駄目」の焼印を押される。薄皮が、じゅっと白い煙を上げて縮む。おもてに出ると、鉄の焼きゴテを持った人たちが待ち構えている。もう何も訊かれたくない。焦げたくない。そんな妄想に急き立てられるように、小学校を退職した半年後には臨時講師として働き始めた。

身体に異変が表れたのは退職から一年余りを経た二十八歳のある朝だった。

目が覚めると、全身が石のように固まっていた。まるで金縛りに遭ったようだった。なんとか起き上がろうとして肘や膝に力を入れると、全身に針を刺されたような激痛が走った。寝返りを打つことすらできない。

「なんだか調子悪いみたい。まだ寝ていていいかな」

「いいよ、ごはんもいらないよ」

「うん」

髭を剃り、ネクタイを結ぶ夫を布団の中からぼんやりと見ていた。

「いってらっしゃい」

夫を見送り、痛みの波が引いていくのをじっと待った。こんなことは初めてだった。自分の身に何が起きているのかまったくわからない。しばらくすると手足の痺れがやわらいできたので、ゆっくりと床を這うようにして居間へ移動した。あらゆる関節が鉛のように重かった。とりあえずテレビをつけて気持ちを落ち着かせようとリモコンに手を伸ばしたが、それを摑むことができなかった。たった一晩で自分の身体がまったくコントロールできなくなっていた。

一時間ほど経つと、全身の痛みが引いた。リモコンも問題なく摑めるようになり、歩くこともできた。けさの身体の異常はなんだったのだろう。夜、布団の中で不思議に思いながら眠りについたが、翌朝また同じことが起きた。目が覚めると身体が硬直し、昼には回復する。それを毎日繰り返す。この症状に心当たりがなく、ただただ不気味だった。

近所の病院で診てもらったが原因はわからなかった。三軒目の病院で血液検査を受けた結果、自己免疫疾患の一種であることがわかった。すでに関節の破壊がかなり進行している状態だった。そのころには私の手足は昼夜を問わず真っ赤に腫れ上がり、歩行も困難になっていた。

「死んじゃうの？」

ソファの上で横になる私を見下ろし、夫が訊いた。

「死なないと思うけど、このまま放っておいたら手足が萎縮して寝たきりになっちゃうみたい」

「それ超最悪じゃん」

「うん、超最悪なんだよ」

とはいえ、私たちはこの状況をどこか面白がっていた。急に身体がおかしなことになってしまい、現実味がなかったのだ。

これは免疫の異常によるもので、本来外敵を防ぐはずのリンパ球や抗体が、自分の組織を攻撃してしまうことが原因だという。私が私を攻撃する。なんて私らしい病に罹ってしまったのだろうと思った。原因は明らかになっていないけれど、過度のストレスもそのひとつだという。私はたぶんそれだろう。朝に七種類、昼と夜に三種類の薬を服用し、やがて入退院を繰り返すようになった。

まともに働けないうえに、家事も満足にできなくなっていた。突然生活が一転するような病気に罹ってしまったけれど、不思議と悲観したり泣き暮らしたりすることはなかった。なってしまったものは仕方ない。そう淡々と現実を受け入れるしかなかった。


だけど、一度だけ感情がわっとこみ上げたことがある。

弱々しく床に伏す母方の祖母を見舞ったときのことだ。

「おばあちゃんが肺炎で入院した」と母から電話があり、病室へ駆け付けると、薄緑色の透明な酸素マスクを付けた祖母が目を閉じ、ベッドに横たわっていた。一年ぶりに会った祖母は顔の輪郭も肩幅もひとまわり小さくなったように見える。傍らに母と伯母が付き添っていた。

「ほら、お見舞いに来てくれたよ」

伯母が祖母の肩を揺すると、ゆっくり瞼を開けた。

「おばあちゃん、来たよ」と声を掛けた。すると、祖母が掛布団の中からしわしわに乾いた左手を伸ばしてきた。肉が削げ落ちて骨と皮だけになった薬指に、少し色褪せた銀色の指輪がはめられていた。これはいつも身に着けていたのだろうか。手を握ってみるまで気が付かなかった。

祖母は、病気ででこぼこに腫れ上がっている私の指や手首の関節を順に撫で回し、「まだ若いのに、こんなふうになっちゃって、かわいそうに。代わってあげたい。この痛いのが全部おばあちゃんの身体に飛び移ればいいのに」と言った。おまじないをかけるように、私の手を強く握っている。死に直面している人に「かわいそう」と言われてしまった。

「どっちが病人だかわからないね」

母と伯母が笑う。

それは私の台詞です、おばあちゃん。

そう言おうとしたけれど、涙がどんどん溜まってきて、今、発するとこぼれ落ちてしまうから言えなかった。私は涙を必死に堪えて、母や伯母と一緒になって笑うことにした。

「忙しいだろうに、ごめんね」

こんなときも祖母は笑みを浮かべる。

私は忙しくなんてなかった。身体を悪くして通院するようになってからは仕事をしていない。朝からネットをぼんやりと眺め、夕方になってようやく身支度をしてスーパーへ出かける。簡単な夕飯を用意する。ただそれだけが私の「やること」だった。掃除は汚れたとき、洗濯は洗濯かごがいっぱいになったときにしかしない。一日じゅう家の中にいながら、外で忙しく働く女性よりも家事をしていないのだ。そんな私のことを嫌味でもなんでもなく「忙しいだろうに」と気遣う祖母を見て、また胸が痛んだ。

おばあちゃん、私は病気を理由にして、なんにもしていない。しようともしていない。最近ではむしろ病気を言い訳にできて助かるなんて思っている。都合の悪いときだけ病人の顔をつくって見せる自分がいるんです。忙しくなんか、ないの。何も言えないけれど、心の中は言いたいことで溢れている。私たちは病室で長いあいだ手を握り合った。

祖母はそれから四日後に息を引き取った。

連日の大雪にうんざりしていた二月の半ば、一年前に退職した小学校から卒業式の招待状が届いた。来賓として私の席を用意してくれるという。もうそんな季節だったのだ。

私に代わって子供たちを受け持ってくれたベテランの女性教師から、一通の手紙が添えられていた。

「みんな先生に会いたがっています。ぜひ卒業式にお越し下さい」

自分の都合で投げ出した私が、どんな顔をして子供や保護者に会えばよいのだろう。悩んだ挙句、「欠席」に丸をつけてはがきを投函した。その代わり、式が始まる前に学校へ行くことを告げた。私にはこの日、クラスの子供たちに渡さなければいけないものがあった。

それは「卒業する私へ」と書かれた手紙の束だった。

五年生のときに、卒業する自分に宛てて手紙を書いてもらったのだ。日付は七月五日となっている。子供たちの暴言や暴動が目立ち、クラスが荒れ始めたころである。一年半後の自分の姿を想像することで、今の生活を見つめ直してもらおう。そう思い、一人ひとりに手紙を書いてもらったのだ。それぞれの封筒には糊付けがされており、どんな思いが込められているのか私にはわからない。

実はこのとき、私も未来の自分に向けて手紙を書いていた。

「今、学級の中が大変なことになっています。私はどういう思いで卒業式を迎えているのでしょう。つらいことも、きっと振り返ったときにいい思い出になっていますよね。それを信じて私はがんばるしかないですよね。子供たちとちゃんとわかり合えて、卒業させていますよね。今を乗り越えたら絶対に強くなれていますよね」

二十六歳の私は、何かにすがるような思いで書いていた。一年後に希望を託していた。混乱の中、誰にも相談することができず、ひとりでクラスを立て直そうとしていた私が、必死の思いで綴った手紙だった。子供たちに書かせたかったのではなく、ただ私が救われたかっただけかもしれない。弱りかけた気持ちに封をして、少しだけ前を向くことができたあの日。

卒業式に担任として送り出せなくてごめんなさい。すべてを放り投げて家の中に隠れてごめんなさい。こんな姿でごめんなさい。私は二十六歳の自分を置き去りにして安全な場所に逃げてしまった。

体育館へと続く長い廊下には桜の花びらをあしらった飾りが施されていた。卒業生の控え室は二階だと教えられ、おそるおそる階段を上った。この階段を上るとき、いつも胸が苦しかった。私はここにいてよいのか、間違っていないか、このまま進んでよいのか。きょうも同じ気持ちで一段一段を踏みしめている。

控え室のドアを開けると、子供たちが晴れやかな顔で駆け寄ってきた。制服に身を包んでいるせいか、たった一年のあいだで、どの子もずいぶん大人っぽい顔立ちに変わっていた。「先生と一緒に卒業したかった」と言ってくれる女の子もいた。

私は無意識のうちにミユキの姿を探していた。どうやら教室の中にはいないようだ。どこかほっとしている自分がいた。真正面から気持ちをぶつけてくるミユキのことが私は怖いのだった。

私は手紙をひとりひとりに手渡し、引き継いでくれたベテラン教師に深々と頭を下げると、足早に教室を出た。

たかが一年だ。なぜ辛抱できなかったか。そう自分を責める気持ちもある。でも、その一年がどれだけ長く重いものであるか、一日一日を繰り返すことがどんなに苦しいものであるかは私自身がよくわかっていた。こんなことをしてばかりいる。過去から逃げて、目の前で繰り広げられる出来事からも逃げている。

「先生もう帰っちゃうの？　卒業式に出ないの？」

廊下まで見送ってくれた子に訊かれた。

「ごめんね、用事があるの」

教え子の卒業式より大事な用事とはなんだろう。式には出られない。出る資格はないのだ。

そんな立ち話をしていると、廊下の向こうから歩いてくるミユキが目に入り、思わず鼓動が高鳴った。ミユキは母親と仲良く手を繋いで歩いていた。

その光景は前にもよく見かけた。授業参観日、運動会、学校祭。ミユキは学校を訪れる母親の手をいつもしっかりと握っていた。高学年にもなると、親と手を繋ぐのを恥ずかしがるものではないか。ましてや、同級生や教師の目がある中だ。初めてその姿を目にしたときは、とても奇妙に映ったけれど、「学校行事のときは親が教団施設から堂々と出て来られる日だからね。あの子たちは親と一緒にいられるだけで嬉しいんだよ」というサクライ先生の言葉に胸を突かれた。

「先生、来てたんだ」

「卒業おめでとう。制服似合ってるね」

「やめてよ、あたしスカート大っ嫌いなんだから」

ミユキは照れくさそうに笑った。隣で母親もにこやかに笑っている。会話の最中もミユキは母親の手を片時も離すことはなかった。しっかりと握っている。いろいろなことがあったけれど、今のミユキはとてもいい顔をしている。やっぱり勇気を出して学校へ来てよかった。私もようやく過去から卒業できそうな気がした。

二十九歳、相変わらず無職の日が続いている。正確には専業主婦なのだから、無職という言い方はおかしいのかもしれない。けれども、子がおらず、身体のあちこちが軋むように痛んで家事もままならない私は「無」がふさわしいように思う。私は何もしていない。誰の役にも立っていない。夫のちんぽも入らない。存在する意味を見出せないまま、いたずらに時間だけが過ぎていた。

その日も手足の関節が熱を帯びて思うように動かず、腫れが引くまでパジャマのまま、ぼうっとテレビを見ていた。昼が近い。チャンネルを変えてもテレビショッピングばかりやっている。

そのときチャイムが鳴った。我が家に親族以外の人が訪れることは、ほぼない。配達の人だろうか。パジャマの上にパーカを羽織り、重い足を引きずりながらドアを開けると、そこに思いがけない人物が立っていた。

ミユキだった。ショートカットだった髪は肩まで伸びている。顔は丸みを帯び、すらりと身長が高くなっていた。もう中学生になっていたのだ。指定ジャージの胸元には苗字が刺繍されている。その懐かしい「へん」や「しんにょう」を見た瞬間、過去へ引きずり込まれるように動悸が激しくなった。

私たちは卒業式の日に笑って手を振り別れた。わだかまりは解けたはずなのに、まだ私はふとした瞬間に胸の苦しみに襲われ、呼吸がうまくできなくなる。教室のタイルの並びや学校の花壇に咲いていた白いユリ、そして子供たちの騒ぎ立てる声が突如よみがえってくる。これがフラッシュバックというものなのだろうか。ただ家の中にいるだけでいいのに、もう学校には行かなくていいのに、まだ私の中で、教員生活最後の一年が続いているのだ。

ミユキは全速力で走ってきたのか、肩で息をしている。久しぶりに顔を会わせたのに、挨拶も忘れるほど慌てていた。

「部活の集合時間に遅れちゃったの。合宿所に向かうバス、もう行っちゃったみたい。どうしよう。先生助けて！」

今にも泣き出しそうな顔で、一気に吐き出した。

「わかった。すぐバスを追いかけよう。車に乗って！」

切迫していた。手足が痛んでいることも忘れ、反射的に身体が動いた。車のキーと財布を握って外に駆け出す。彼女を助手席に乗せ、部活の日程表を睨みながらバスに合流できそうな休憩地点を目指すことにした。

思わず「乗って」なんて、かっこいいことを言ってしまったけれど、私は水色のパジャマの上下にパーカという、どうしようもない姿でハンドルを握っていた。おまけに顔も洗っていない。ふと我に返り、こそっと目やにを擦った。

「ちょっと何その格好」

落ち着きを取り戻したミユキが私の身なりに気付き、唖然としている。緊急事態なのだ。着替える暇などなかった。

「うん、さっき起きたばかりなんだ」

「先生、毎日何やってんの？」

「ごろごろしている」

「駄目じゃん」

「駄目だねえ」

これでは、どちらが大人かわからない。私はそっとミユキの横顔を盗み見た。えくぼを作り、大口を開けて笑っていた。そうだった。私は彼女の口角に打たれる読点のようなえくぼがとても好きだったのだ。担任を持った直後はよくこうして屈託なくけらけらと笑っていた。けれど、あの夏以降、私の前であまり笑顔を見せなくなり、えくぼの存在も今まですっかり忘れていたのだ。

二年前、怒りの沼にはまってもがいていたミユキを救い出すことができなかった。でも、今なら彼女の不安を取り除いてやることができる。こんなことほかの誰でもできる手助けかもしれないけれど、私がしたい。できることがあるのなら真っ先に手を挙げたかった。

すっかり夏の日差しだ。窓を開けると、青々とした夏草のにおいが車内に吹き込んでくる。人としての役目を果たしていないことの気恥ずかしさから、明るい場所や人の集まるところを避けるように暮らしていた。日中に外へ出るのは久しぶりのことだった。

合宿バスの休憩地点となっている国道沿いの道の駅に到着したが、それらしき車両は見当たらなかった。すでに出発してしまったようだ。

「何か飲み物を買っておいで」

私はミユキに小銭を渡した。

「先生は行かないの？」

「私はパジャマだからやめとく」

ミユキはにやにやしながら自動販売機に向かい、ファンタグレープとファンタオレンジを一本ずつ買って、私にグレープをくれた。

私たちは二百キロ先の合宿所をまっすぐ目指すことにした。道の両側から大きな枝がわさわさと張り出し、深緑色のトンネルを作っていた。

「なんでうちに来たの？」

「だってあたし先生の家しか知らないもん。あっちにも帰れないし」

あっちとはミユキの暮らす宗教団体の施設である。

「部活の先生には連絡したの？」

「してない。中学の先生はすぐ怒鳴るから言いたくない」

「でも電話しないと心配するよ」

「この車がバスに追いつけばいい」

むちゃくちゃ言ってくれるじゃないか。私はミユキに都合よく使われている。けれども、学校から逃げ出した気の弱い元担任を頼ってくれたことが嬉しかった。今はそれでよかった。

空っぽの胃にファンタグレープの炭酸が沁みた。ミユキは窓から吹く風に髪を揺らし、鼻歌を歌っている。頬の血色がいい。憑き物が落ちたようにとても晴れやかな顔をしている。お母さんとちゃんと会えているのだろうか。それともひとりであの苦しみを乗り越えたのか。

退職してからもミユキのことを考えていた。私がもっと親身になっていれば変わっていたのではないか。宗教施設の関係者に「帰れ」とはねのけられても、母親に会わせてもらえるよう根気強く訴え続けるべきではなかったか。当時を思い返しては自分を責めていた。退職することで気持ちの整理がついたわけではなかった。けれど、止まっていた時間がこうして再び動き出した。今、目の前で繰り広げられているミユキとの時間を、会話を、上書きしてゆきたい。それは身勝手だろうか。そんなことを考えていたら、助手席から鋭い声が飛んだ。

「先生、運転下手くそじゃん。ちゃんと前を見なよ」

「今のかなり危なかったね」

道路の左側に寄り過ぎて、タイヤが縁石ブロックに乗り上げそうになっていた。

ちゃんと前を見なよ。

その一言は、私自身の生き方にも発破を掛けられているような気がした。過去にこだわり続けたところで何も始まらないのだ。今の私には少しだけ心に余裕がある。心が張りつめ、出勤するのもやっとだったあのころには見えなかったものが確かにある。少しずつではあるけれど、私も変わってきているのだ。ちゃんと前を見よう。これからのことを考えよう。彼女と再会してほんの数時間のあいだに、私はずいぶん多くのことを考えていた。考えているのに、いつものように塞いでゆく気配はなかった。

地方都市の外れにある、年季の入った合宿所の前でミユキを降ろした。家を出発して、かれこれ三時間近くも経っていた。

「ああ助かった。先生ありがとう。じゃあね」

彼女は屈託なく笑い、こちらを振り返ることなく玄関に向かって一直線に走って行った。その後ろ姿は潔かった。まっすぐ前だけを見るってそういうことかもしれない。

私はこれくらいしか力になれない。でも困ったときにはまたいつでも頼ってほしい。その若く、しなやかな背中に願った。

ちんぽの入らない私たちにも、人知れず子をもうけようと努力していた時期があった。私が三十一歳の誕生日を迎えたころだった。

私たちのように通常の性交ができなくとも、病院で人工授精の治療を受けたり、家庭でスポイトを使って精子を膣内に注入したりするなど、妊娠する方法はいくつかあった。ちんぽが入らない人間にも、きちんと門戸は開かれている。子を授かる手段は皆無ではなかった。

だが、これまで私たちはそうしてこなかった。私がそこまで強く子供を望んでいなかったからだ。私は働きたかった。仕事で認められたいと思っていた。子育てをしながら働くという選択肢は最初からなかった。もしも子を授かったら仕事を辞めるつもりでいた。私は仕事も育児も、というような器用なことができる人間ではない。

何よりも、私には拭えない恐怖がある。働きながら子育てをしていた私の母は、その忙しさからパニックになり、幼い私をよく殴り、蹴り、「おまえのせいだ」と怒鳴りつけていた。私もきっと子供に同じことをするだろうと思った。どうしても目をつり上げて周囲に当たり散らしている姿しか想像できない。子育てをいいものだとは、私にはなかなか思えなかった。まわりのみんなを不幸にしてしまう気がした。

結婚して五年目になる義理の兄夫婦が子供を授かったのは、その年だった。義姉は生まれつき心臓に病を抱えており、「身体に負担がかかるから子供は無理かもしれない」と、かつて親族の葬儀の席で私に打ち明けてくれた。

「私も無理かもしれない」と義姉に話した。持病の通院を続けて三年になる。そのうえ、ちんぽも入らない。それは決して口には出せないけれど。兄と弟の両方が身体に問題のある人を妻にしたというのは悲しい偶然だった。

卵形の小さな顔に大きな瞳、やわらかな髪、華奢な身体。気配りができ、それでいて嫌味なくまわりに甘えることのできる義姉だった。苦労もせず、可愛がられて育ったのだろうと思っていた。しかし、一見にこやかに振る舞うこの人も謂れのない言葉に傷ついてきたのかもしれないと想像すると、胸が痛んだ。

そんな義姉が妊娠したという。義母は嬉しさを隠しきれない様子で電話を掛けてきた。無理だと思われていた念願の初孫。喜びもひとしおだ。義姉はどうしても子供を産むことを諦められず、一年前から不妊治療を始めていたという。そんなことも私は知らなかった。見えないところでたくさんの苦労を重ねてきたのだろう。

「強い気持ちが実を結んだんだねえ」

思わず漏れた義母の一言に、ごめんなさい、と胸が締め付けられた。私にはどうしても子を授かりたいという気持ちが足りなかった。

「あの子たち、あなたの状態をわかってるから電話しにくいみたいなの。わかってあげてね」

「おめでたいことなのに気を遣わせてしまってすみませんでした」

「産まれてからでいいのでね、おめでとうって言ってあげてね。祝ってあげてね」

そこまで厄介な存在になっていたのだ。面倒な人にはなりたくなかったのに、私はもうその域にいたようだ。義兄夫婦も義理の両親も、誰も悪くない。とてもおめでたいことだし、よかったねと心から思っている。子供を持ちたいと思えないこと、ちんぽが入らないという現実、それらを開き直って堂々と生きていないこと、まわりに気を遣わせてしまっていること、自分の中に巣食う感情すべてが悲しかった。

　帰宅した夫に何でもないことのように報告する自信がなくて、こみ上げたりせず言えるようになるまで日を置いてから伝えた。

「お義兄さんの家、春に子供が産まれるんだって。転勤したばかりなのに大変だね。これからもっと忙しくなるね」

　一気に言った。夫はどんな顔で、どんな思いで聞いていたのだろう。私は目を合わせられなかった。ただ一言「ああ、そう」と言った。私に気を遣っているのか、興味のなさそうな返事だった。

　偶然にも私の妹ふたりが相次いで出産した年でもあった。親族内に突如ベビーブームが訪れ、周囲が慌ただしく変わってゆく気配を感じた。

　妹たちはどこか申し訳なさそうなメールの文面で私に報告してきた。

「お姉ちゃんの体調が悪いみたいだから報告遅れちゃったけど、二月に二人目産まれるよ」

「予定日は来月だけど、お姉ちゃんは体調悪いんだから無理して来なくても大丈夫だからね」

思いきり喜びたいはずなのに妹たちも私に気を遣っていた。それが言葉の端々から痛いほど伝わった。どうか素直に喜んで。そう言いたくて、電話を掛けて、大げさに驚いたり、質問攻めにしたりした。しかし、電話を切ると、自分の空回りな陽気さにぐったりとし、余計に落ち込んだ。誰も悪くない。私が悪い。やはりそう思った。


子供、産んでみようかな。

それはほぼ思いつきに近い状態だった。義姉の妊娠、妹ふたりの出産、それらが相次いだことで、これまで一度も真剣に考えたことのなかった「出産」が現実のものとして私の頭を占めるようになったのだ。すべては私の気持ちひとつなのだ。はっきりと口には出さないけれど、夫は子を望んでいると思う。ちんぽがうまく入らない問題はあるけれども、私が「産みたい」と言えば、すべてが円滑に動き出すのだ。

「妊娠を考えるのなら、いつでも薬の調整が可能ですからね」

持病の主治医は診察の終わりにいつも声を掛けてくれた。私が服用している薬には胎児に影響を与える可能性があるものも含まれていた。主治医の許可のもと妊娠するよう説明を受けていた。とても親身になって話を聞いてくれる医師である。これ以上何を迷うことがあるだろう。

もう痛いだの入らないだのと悠長に言っていられる年齢ではない。子を産むならば、今だと思った。私たちはこれまで一度も子供をつくろうとしてこなかった。そのスタート地点にすら立てなかったのだから当然かもしれない。血まみれでもいいから受精さえすればよいのだ。幸か不幸か、私は職に就かずふらふらしている。育児にあたる時間はたっぷりとある。今なら子を産み育てることに専念できる。そして、それは私の存在する意味にもなり得るような気がした。

まず、通院時に夫を伴い、お世話になっている内科の主治医に「子供を産みたい」と相談した。

「心配することはないですよ。あなたと同じ病気の患者さんでも子供を産み、育てている人はたくさんいます。薬の調整さえクリアすれば大丈夫です」

医師はとても喜び、私たちを励ましてくれた。病や薬という障害のほかに、ちんぽが入らないという三つ目のハードルが待ち構えていることを彼は知らない。最後のハードルがいちばん厄介なのだ。

私はその日から数種類の薬を三ヵ月中断し、胎児に害のある成分を体内からきれいに抜くことになった。これまでさんざん躊躇していたはずなのに、いざ腹を決めると、もうそこに迷いはなかった。きっとなんとかなると信じながら、薬を断ち、栄養のある食生活を心掛けた。自分には一生縁がないと思っていた基礎体温を測り始めた。折れ線グラフに印を付ける。それは人間としてすっかり終わりかけていた自分に、少しずつ水を与えてゆくような生活だった。再生に向かっている。新たな暮らしが始まる。そのことに気分が浮き立っていた。

やがて三ヵ月が経ち、医師の了解を得ると、妊娠しやすい日にメロンのにおいのローションを塗って血まみれになった。もちろん満足には入らない。半ちんぽである。子を産むためにこんなに局部を切らして、血を流して、油にまみれて、大事な薬も止めて、身体の節々を真っ赤に腫れ上がらせるなんて、命がけの鮭の産卵のようだった。

「子供、できるかな。私、育てられるのかな」

血まみれのシーツの上で呟いた。

この作業を定期的に続けてゆくことも、産むことも、育てることもすべてが不安だった。

「あんたの産む子が悪い子に育つはずがない」

夫はそう断言した。思いもよらない一言だった。

ふと、彼が初めて私の実家へ挨拶に訪れた日のことを思い出した。「就職したばかりなんだから、結婚はまだ早い」と反対していた父が、ころっと態度を変えた瞬間があった。

それは父の一言がきっかけだった。

「うちの娘は気が利かないし、はっきりものを言わない。思っていることを全然言わんのです。まったく情けない限りですよ」

「そうですか？　僕はこんな心の純粋な人、見たことがないですよ」

あのときも夫は迷いなく、まっすぐ言ったのだった。

あの日も今夜も、私には悪いところなんてないと夫は言い切った。

あなたの知らないところで私は悪いことばかりしてきたのです。間の抜けたことを言ってへらへら笑っているのは私のほんの一部にすぎなくて、残りは言えないことだらけです。私は大事なことを何も話していない。布団を被り、夫に気付かれないように涙を拭いた。せめて夫のためにも子を産みたい。そして一からやり直したいと思った。

ところが、そんな「妊活」も長くは続かなかった。

妊娠するために持病の薬を止めてからというもの、私の身体は目に見えて弱っていた。手足の腫れがひどくなり、高熱を出して寝込むようになった。受精どころか、日常生活もまともに送れなくなっていた。指に力が入らなくなり、包丁を握ることもできない。力を振り絞ってスーパーに出かけるも、帰宅するころにはすっかり疲弊し、家の鍵を開けたりドアを引いたりする手首の力がない。家の前にいながら中に入ることができず、アパートの階段にしゃがみこんで、夫が帰宅するのを待つ日もあった。セックス以上に、薬を断つことがこんなに苦しいことだとは想像していなかった。

私以上に私の変化を心配したのは夫だった。

「もうやめよう。身体をおかしくしてまで産むことなんてない。今まで通り薬を飲んだほうがいい。別に子供なんていなくてもいいじゃない。この先もふたりだけの生活でいいじゃない」

「うん」

「俺は子供なんていらないよ。子供なんて邪魔なだけだ」

「うん、このままじゃ私が死んでしまうね」

夫が子供を嫌いなわけがなかった。本当はとても好きだということを私はよく知っている。

正月に私の実家へ帰ったときのことだ。つかまり立ちを覚えた姪を抱え、飽きずにいつまでもあやして遊ぶ夫の姿を見て、胸が締め付けられる思いがした。本当は子供がほしいのだろうな、産んだほうがいいのだろうな、産もうかなと考え始めたのは、そのときだ。母やまわりのおばさんたちにせっつかれるよりも、赤ん坊を無心にかわいがる夫の横顔がいちばんこたえた。

だから、私を気遣って嘘をついていることを私はちゃんとわかっていた。無念に思う気持ちとは裏腹に、どこかほっとしている自分もいた。ようやく産もうという気持ちになって、できる限りのことをやってみた。何もしなかったわけではない。そのことが、少しだけ前とは違う。振り返ってみたときに、あのときこうすればよかった、と自分たちを責めることはないかもしれない。これが私たちの決断だと胸を張って言えるような気がした。

仕事に生きたいと願い、仕事に生きられなかった。職を退き、今なら子供を産めるかもしれないと決意したときには病気に阻まれた。

私たちは性交で繋がったり、子を産み育てたり、世の中の夫婦がふつうにできていることが叶わない。けれど、その「産む」という道を選択しなかったことによって、「産む」ことに対して長いあいだ向き合わされている。果たしてこれでいいのか、間違っていないだろうかと、行ったり来たりしながら常に考えさせられている。皮肉なものだと思う。

私たちの「妊活」はわずか三ヵ月で終了した。薬断ちの三ヵ月も含めると計六ヵ月。諦めるなんて早い、辛抱が足りない。そう思われるかもしれないけれど、私たちは、その半年には含まれない年月を充分がんばってきたと思う。だから「この先もふたりだけの生活でいいじゃない」と言う夫に迷わずついてゆこうと思う。

昔の同僚から小学校の臨時講師を頼まれ、短期間だけ働くようになった。一ヵ月だけ、二ヵ月だけ。そうやって働く期限が決まっていると、身体や心が苦しくなってもなんとかやり抜くことができた。

いつでも辞められる、あと少しで辞められる。そう思える仕事でなければ必要以上に緊張し、不安に駆られてしまう。私は歳を取るにつれてどんどん臆病になっている。この先も定職に就くことは難しいだろうと思い始めた。

そうやって何度目かの無職になった夏、母が改まった顔をして私に言った。

「向こうのご両親に一度謝りに行かないといけないね」

母が前々からその話を切り出そうとしていたことに、私は気付いていた。だから、なるべく二人きりにならないよう、話を持ち出す隙を与えないよう、神経を働かせていたのだ。でも、その日はなぜか、もういいやと思った。指名手配犯が無防備に商店街を歩くような諦めと清々しさで、母に言われるまま、観念して腰を下ろした。

「お母さんが一度もそっちの実家に行ったことがないから、どんなところに住んでいるか見てみたいんだって」

夫にはそう説明した。謝りに行くなんて教えたら悲しむだろう。言いたくなかった。

見送る夫に手を振り、母と列車に乗った。ふたりきりで遠くへ出かけるのは初めてだった。これが義父母への謝罪旅行でなければどんなに心が浮き立っただろう。夫の実家は北陸の海沿いにある。私がそこを訪ねるのは三年ぶりだった。車窓いっぱいに広がる水田、穏やかに波打つ浜辺、若者で賑わう海水浴場。そんな馴染みのない景色が、私をいっそう不安にさせた。

義父と義母は甲斐甲斐しく迎えてくれた。昔気質ではあるけれど温厚な人たちである。私たちがどんな目的でやって来たかなんて知る由もない。母娘が仲良く旅を楽しんでいるのだと信じきっている。桃色の紫陽花が咲く庭を案内してもらったり、義父の集めているクラシックのレコードを見せてもらったりした。義父は、同じ交響曲でも指揮者によってこんなに雰囲気が変わるのだと言って、聴き比べるよう何度も曲を掛けてくれたが、私たちにはさっぱりわからなかった。

「Ａマートがあるから毎日の買い物には困りません」

地元圏にしかないスーパーの名を出す母。全国どこにでもＡマートがあると思い込んでいる。義父母は戸惑いながらも相槌を打つ。

「そういえばＡマートではね」

まだ続いた。母なりに必死に会話を繋ごうとしてくれているのだと思うと申し訳なかった。母の話題は、自分の暮らす半径数キロメートルの世界で起こる出来事だけだった。政治も音楽も義母が出してくれたスイーツの名前もわからない。それは私もおんなじだ。そんな母を恥ずかしく思うことは間違っているのだけれど、私は助け船も出さず、素知らぬ振りを貫いた。こんな形でこの家に来たくなかった。そっとしておいてほしかった。その静かな意思表示のつもりだった。

「うちの子の身体が弱いために、お宅の後継ぎを産んであげることができず、本当に申し訳ありません。うちの子は、とんだ欠陥商品でして。貧乏くじを引かせてしまい、なんとお詫びをしてよいか」

Ａマートの話で主導権を握った母が、その流れで唐突に謝罪を始めた。一体いつの時代を生きているのかわからなくなった。産まないことは罪だった。少なくとも私の母の中では。頭を下げる母。困惑する義父と義母。

「まだまだ若いんだから、これからでもできるさ。気にしない、気にしない」

それもどうかと思うけれど、義父の冗談めかした一言で、この話題はおしまいになった。三人はまるで何もなかったかのように、この夏の暑さに愚痴をこぼした。

そんなふうに簡単に、なかったことになんてしないでほしい。私たちの十数年を天候の話題で軽くあしらったりしないでほしい。知らない町に置き去りにされたような寂しさとむなしさが一気に押し寄せてきた。

私は心の中を「無」にしてやり過ごそうと、目の前の鮨をつまんだ。私たちのために、わざわざ用意してくれた高級店の鮨だ。いくら、中とろ、うに。食べることだけに集中した。いくら、うに。今、動きを止めると、涙がこぼれ落ちてしまう。目を大きく見開き、大げさに嚙む。顔の筋肉をいっぱい使う。私の器官が悲しい信号を受け取ってしまわぬように。いくら、いくら、いくら。

「よく食べるなあ」

義父がとても嬉しそうに笑った。私は「美味しい、美味しい」と頬張りながら、自分の表情が曇っていないか、深く傷ついているように見えてはいないかと、しきりに気にした。三人が私の食い意地の悪さをけらけらと笑っているのを見て、ほっとした。鮨なんて好きじゃなかった。


駅のホームで手を振る義父と義母の姿が小さくなってゆく。

「ああ、すっきりした。これにて一件落着」

ふたりが完全に視界から消えると、母は手足を大きく伸ばして言った。言わなくてもよいことまで言ってしまう、無神経で、せっかちで、人付き合いを厭わない母。きょうだって普段と何ら変わりがないように見えていたけれど、ずいぶん無理をさせていたのだと気付いた。ごめんなさい、と言いたかった。夫のちんぽが入らないこと、子供を産めないこと、教師を続けられなかったこと、母に頭を下げさせてしまったこと、母を恥ずかしいと思ってしまったこと。ただ謝りたかった。けれど、何も言うことができなくて、母に背を向けて、窓の外ばかり見ていた。ほんのりと車内に磯の香りが漂っていた。夜の海も穏やかだった。

あの日を境にして母は「産婦人科で診てもらいなさい」とは言わなくなった。これにて一件落着。あれは自身の執着に決別する言葉だったのかもしれない。


裾野の木々が葉を落とし、街並みから少しずつ色が消えてゆく。冬がすぐそこまで近づいていた。

私は、かねてから興味を持っていた炭鉱跡地めぐりのバスツアーに申し込んだ。時代に置いてけぼりにされた骨組み、滑車、窓を板で塞がれた集合住宅。背の高い草に隠れるようにして、ひっそりと息をする産業遺産が好きだった。

夫が珍しく「集合場所まで送ってあげる」と言ってくれた。自宅からかなり離れているので、車で送ってもらえると助かることは助かる。だが、普段は私の動向や趣味にいっさい興味を持たないのに、今回に限ってどうしたのだろう。そのやさしさが少し不気味に感じられた。

夫は最近パソコンで何かを熱心に検索している。身を乗り出して見ていた。履歴がそのままにしてあったので、なんだろうと思い、開いてみると、とてもきらびやかな世界に繋がった。銀色の仮面を付けた下着姿の女の人が前かがみで挑発的なポーズを取っている。

「狂乳パラダイス　超敏感な爆乳」

デリバリーヘルス。狂い乳。出張やひとり旅をしたときに風俗店へ通っていることはポイントカードを見て把握していたが、デリバリーヘルスも行動範囲であったか。

こうなるから履歴は消してほしいと再三言っていたのだ。知らなくてもよいことまで知ることになる。私は不能で、夫のちんぽが入らない。風俗へ行くことに関して、私は憎まない。憎む権利がない。行ってもらわないと、むしろ困る。けれど、できることなら、私の知らぬ間に行ってしまってほしい。これから行くことを悟られぬように、できるだけ細心の注意を払って出かけてほしい。私のパソコンに狂い乳を残してくれるな。どの女の子を気に入っているか、私にわからせないでほしい。爆乳が超敏感とは限らないんだ。目を覚ましてくれ。思うことは数多くあるけれど、過去の行いを省《かえり》みると私には何も言う資格がないのだ。パソコンを食い入るように見つめる夫を、戸の陰から食い入るように見つめた。

狂い乳の日がやってきた。

本来の目的である炭鉱めぐりがすっかり霞んでいる。夫は涼しい顔をして運転している。いつになく饒舌だった。

「その辺で時間を潰しているから、終わったらメールちょうだい」

その辺とは狂い乳の梨花《りか》さんだろうか。

「時間を過ぎてもいいから、ゆっくりしておいで」

むしろゆっくりしなければいけないから気を遣う。

「じゃあな」

あ、ちょっと。そんな服装でいいのですか。もう少し気を遣ったほうがいいのではないですか。一体どこで行うのですか。突然電話するものなの。予約なの。そういうルールを男の人はどうやって学ぶの。お金は足りるの。ちゃんと歯磨いたの。なんで私がそんなことを気にしなければいけないの。集合場所で私を降ろすと、夫は軽やかにUターンをして走り去った。

炭鉱めぐりに集まったのは七十をとうに過ぎた老人ばかりだった。そのほとんどが元炭鉱マンやその家族らしく、全盛期の思い出を偲びに来ている。完全に場違いであった。掘削地を見ても、思い浮かぶは狂い乳のことばかり。ツルハシすら乳に見えてくる。ここに来たことを激しく悔やんだ。

炭鉱めぐりを終えて、夫の車に乗った。狂い乳帰りの夫と顔を合わせるのは、どうにも気まずかった。互いに目が泳いでいる。そうか、この瞬間に立ち会うのが嫌だったのだ、と気付いた。夫がひとりで行き、ひとりで帰って来るのなら問題なかったのだ。

「どこに行っていたの？」

「最新式のプリンター買っちゃった」

「ほかにはどこへ行っていたの？」

いつもなら訊かないことまで訊いていた。

「……ずっと電器屋だよ」

「三時間ずっと？」

「……うん」

帰りに寄ったファミリーレストランで、夫は「お腹が痛い」と言って大好物のハンバーグを半分残した。もうやめよう。気の毒だ。どうして問い詰め、縛りつけるような真似をしてしまったのだろう。そんな資格、私にはないのに。

三十五歳。子をもうけることを断念してからは、年に一度、私たちは正月にだけ交わるという神聖な儀式めいた関係を結んでいた。無論ちんぽがきちんと入ってい るわけではないので、世間一般ではそれをセックスと呼ばないのかもしれない。

その年の凍てつく一月のはじめ、私たちは北の果て、網走監獄の近くの宿に泊まった。オホーツク海に面したその町は深い雪に覆われていた。

ロビーには白や桃色の繭玉飾りが垂れ下がり、新しい年の幕開けを祝福している。今夜も恒例の儀式が行われるのだろうか。おめでたい雰囲気にひとりだけ乗り切れていない自分がいた。

夕食のお膳も目を見張るほど華やかなものだった。海老に数の子、栗きんとん。すでに胸が苦しくなっている。私はビールを頼んだ。アルコールはほとんど飲めないのだが、緊張と気鬱を振り切って、頭の中をからっぽにしたかった。そうでもしないとセックスというものに向き合えなくなっている。グラスに半分ほど飲んだだけで、頭がじんじんするほど酔いが回った。これなら何も考えずにできるかもしれない。

一年ぶりである。私たちはまだメロン型のローションに頼るしかなかった。やはり自力では無理だった。きりきりと沁みる。陰部が裂けてゆくのがわかる。血もかなり流れているだろう。ビールを飲んでおいて正解だった。酔いのおかげで全身がずきずきして、痛みが程よく分散してくれている。どうか早く終わってほしい。

この年頭の儀式が思ったよりもずっと重たいものになっていることに気が付いた。

もうやめにしませんか。

もう充分ではないですか。

身体を繋げることがつらいです。

むなしくなるから、努めて考えないようにしてきたのに、心の中でそんな言葉がぐるぐると渦を巻く。感情をしまう場所がいっぱいになってしまったのかもしれない。十八歳のときから、ずっとだったから。交わると決まって心が不安定になる。どこにぶつければよいのかわからない。

肝心なことを何も言えずにいる。またきょうもひとつ胸にしまい、露天風呂に浸かった。髪に雪片が積もっては雫になって流れ落ちる。裂けた陰部に温泉の成分が沁みた。効能の一覧表には「切り傷」と書いてある。大丈夫、痛みはきっとすぐに治る。

この年に血の滲む思いをしたのが、私たちの最後となった。翌年からは正月に宿泊しても交わることはなくなった。どちらから言ったわけでもないけれど、手や口ですることも、身体に触れることも一切なくなった。すべての性活動が終了した。

私たちの性は網走監獄の鉄格子の奥に置いてきた。木目の剝げた床、申し訳程度に敷かれた藁。その寒々しい独房に、これまでの思いを放り込み、鍵をかけてきたのだ。

私は性のにおいのしない暮らしに、ようやく自分の居場所を見つけたような気がした。行為に及ぼうとする空気を敏感に感じ取り、身構えることもない。もう必要以上に自分を責めなくてもいい。

ここにいていい。安心して、ここにいていい。

はじめから、こうすればよかったのかもしれない。交われば苦しくなるだけなのだから。

大学に入学したてのころ、私たちの関係を「兄妹みたい」と笑った女学生がいた。まともにちんぽが入らないのに十七年も離れずにいるなんて、恋人や夫婦を超越している。まるで血縁関係のようだ。私たちは長い時間をかけて精神的な結びつきだけを強くしていった。

夫は暇があれば風俗へ行く。私は頭がおかしくなっていた時期に見知らぬ男の人と会っていた。お互いに別の人で性を埋め合わせて生きてきた。こんな倫理観の欠如した関係をまわりの人に理解してもらえるとは到底思わない。でも、こうでもしないと、私たちは、少なくとも私は、完全に壊れてしまっていた。

三十六歳にして、どうやら閉経した。

二十代や三十代で月経がこなくなることを早発閉経というらしい。医師には、持病の自己免疫疾患が関係しているのではないかと言われた。

「妊娠を考えているなら、この先の治療を考えていきましょう。ちゃんと道はありますから」

「いえ、子供はもういいんです。このままで大丈夫です」

心配そうな表情を浮かべた医師に礼を述べ、診察室を出た。待合室の長椅子には、お腹の膨らんだ妊婦たちが肩を並べて座っていた。男性を連れた二十代前半と思しき子もいるし、私と同年代くらいの落ち着いた雰囲気の女性もいる。

「予定日いつ？」

「うちと一ヵ月違いだ」

顔見知りなのか、同じ境遇の者同士すぐに打ち解けられるのか、椅子に腰掛ける私を挟んだ端と端で、出産費用についての話題が交わされている。そうだった。ここはそういう場所なのだ。


卵巣の機能が終わってしまった。いや、私にとっては最初から終わっているようなものだった。別に構わない。どうも思わない。深く悲しみに浸ることもなく、淡々と受け止めることができた。

ただ、母には言えなかった。母は、私の妹たちの子を抱き、「四十でも産む人は産むからねえ。最近じゃ珍しくないもんねえ」と私に聞こえるように呟いた。まだ完全に諦めていないのかもしれない。どこか期待するような口振りだった。そんな無邪気な母を見ると胸が苦しくなって、目の前が滲んでしまう。

私はもう駄目なんです。

ずっと駄目だったんです。

ちんぽが入らないうえに閉経してしまいました。

台所で鼻歌を歌いながら、孫の大好物のハンバーグをこねる母の背中に、言いたかった。

夫の生活が不規則になっていったのはそのころだ。

万引きや深夜の徘徊などで補導される生徒が増えてきたのだ。

その日も二十二時ごろ、居間でテレビを観てくつろいでいた夫の携帯が鳴った。

見慣れない番号が表示されたのか、「ああ、これは嫌な連絡だな」と言いながら電話に出た。おおよそ察しがつくのだろう。電話の相手に、すぐ行きます、申し訳ありません、と謝っていた。

「生徒が万引きをやらかしたからスーパーに引き取りに行って来る。ユウヤって子。うちのクラスの子ではないんだけどさ、ユウヤが俺の名前を出したらしい。遅くなるから先に寝ていて」

私にそう告げて夫は出て行った。勤務時間外の呼び出しはよくあることだった。ユウヤという男子生徒の名も夫からたびたび聞いていた。

夫は問題行動を起こしたり、不登校になったりしている生徒の家に普段から通い詰め、熱心に話を聞いていた。はじめのうちは生徒にもその保護者にも会ってもらえないことが多いという。それでも辛抱強く何度も自宅に通い、くだらない世間話なんかをしながら学校への不信感を取り除き、徐々に心の距離を縮めているようだった。自分のクラスの生徒に限らず、非行が目に付く子や助けを求める子にも勤務時間外に話を聞いていた。そんな日ごろの繋がりがあり、何か問題が起きた際に、担任ではなく夫の元に連絡が入ることが多かった。

その日も夫は深夜に帰宅した。スーパーの店主に謝罪したあと、ユウヤにラーメンと牛丼を食べさせ、自宅に送り届け、「きょうはもう外に出るなよ、あした絶対学校に来るんだぞ」と念を押してきたという。

ユウヤが万引きしたのは菓子パンだった。彼の家は母子家庭なのだが、母親は恋人の家に行ったきり何日も自宅に帰っていない。母親の携帯電話は料金未払いのため解約され、連絡を取れない。

「家に一円もお金がなくて、どうしても我慢できずに盗んでしまった」

ユウヤは涙をこぼしながら夫に打ち明けたらしい。帰りにはコンビニに寄ってカップラーメンやおにぎりなど数日分の食糧を買い与えたという。

満足に働く場がなく、困窮する家庭が多い地域だった。生活保護を受けていても親がパチンコで使ってしまい教材費や部活動費を滞納する、お弁当を用意する経済的余裕がないなどの理由で学校を休みがちになっている生徒もいた。世の中には子供の力だけではどうにもならないことがたくさんある。

「そういう背景を聞かず、ただ生徒を怒鳴りつけるだけでは何も解決しないんだよ」

夫はいつもそう言い、時間をかけて保護者を説得していた。そんな事情のある生徒がひとりやふたりではなかった。夜に突然呼び出しが掛かると、「こんな時間に生徒を引き取りに行けない」と拒む担任もいる。そういう場合も最終的に夫のところに連絡が回ってくる。夫はどんなに疲れていても嫌な顔をせずに出かけて行き、生徒がお腹をすかせていれば何かを食べさせて家に帰した。

生徒を甘やかしている、担任でもないのに出しゃばるな、と同僚から非難されることも多かったけれど、私は夫のしていることが間違っているとはちっとも思わなかった。困っている生徒のために休日やお金を費やしても構わない。夫のやろうとしていることを全面的に支えようと思っていた。私にはできなかったことを彼は批判を恐れず、たったひとりで行っているのだから。

生徒指導に身を削り、不規則な生活を続けて三年の月日が過ぎていた。

それは身体の芯まで冷える冬の早朝だった。目を覚ました夫が開口一番に言った。

「さっき線路を見てきた」

「夢を見ていたの？」

「違う。ふわっと全身が軽くなって上空から線路を見下ろしてたんだ。で、しばらく上から町全体を眺めて、寝ている俺の身体にすうっと戻った」

幽体離脱をしたらしい。緩やかなカーブをゆっくりと走る始発列車、台車に載せた荷物をコンビニに運び入れるトラック運転手、車通りのまばらな大通り。景色も人々の動きも鮮明に覚えているという。

「そんな夢、私も見てみたいな」と笑ったら、「なんで信じてくれないんだ」と本気で怒り出してしまった。

そのころから夫は職場や道端で浮遊する霊を頻繁に目撃したり、家の中に誰かがいる気配を敏感に察知したりするようになった。はじめは私を驚かすためにふざけているのかと思い、笑って聞き流していたけれど、後続車があるのに「幽霊だ」と叫んで急ブレーキを掛けたとき、さすがにただごとではないとわかった。

あるときは歯医者の診察台から逃げ出し、エプロンを着けたまま帰宅した。床屋で髪を切ってもらっていると、突如わけのわからない圧迫感に襲われ、耐えきれずに散髪の途中で帰ってきたこともある。後ろ髪だけが不自然に短くなっていた。いよいよまずい。

このような症状をどこかで目にしたことがあった。慌ててパソコンを開いて検索すると、パニック障害の人に起こりやすい症状だと書いてあった。やはりそうだった。公共交通機関や閉鎖空間、人込みなどで発作を起こしやすく、自分が自分でないようなふわふわとした離人感が発生することもあるという。最近の夫の不可解な行動がこれらにすべて当てはまっていた。

何ヵ月も前から異常を訴えていたのに、なぜ信じてあげなかったのだろう。「気のせいじゃない？」の一言で片付けて、心の病を疑おうともしなかった。もっと早くに気付いていたら、と私は自分を責めた。

まず、できることからやろう。私はバリカンを買いに行った。そして夫を丸椅子に座らせて言った。

「もう床屋に行かなくても大丈夫だからね。これからは私が切る」

夫の後頭部に刃を当て、散髪のつづきを引き受けた。大見得を切ったものの、初めて扱うバリカンに苦戦した。説明書通りに動かしているのに髪の長さがまったく揃わない。夫の頭はカラスに食い荒らされた玉葱みたいにでこぼこになった。

「自信満々に言ったわりに全然駄目じゃねえか」

手鏡で確認しながら夫が悪態をつく。発作はすっかり治まったようだ。

「失敗したので、きょうは特別にタダにしてあげます」

「もう二度とこんな店来ねえよ」

その翌月も私がバリカンで刈った。


「精神科へ一緒に行こう。これはちゃんと薬を飲まなきゃ治らない病気なの。私がちゃんと病院を探して、予約も入れるから」

「……うん」

嫌がられるかと思ったけれど、案外素直に言うことを聞いてくれた。抵抗する力も残っていないほど疲弊していたのかもしれない。

担当医はとても穏やかな青年だった。予想していた通り、パニック障害と診断される。

「通院している学校の先生も多いですよ。薬を飲めば、かなり症状が落ち着くはずです」

医師の言葉の通り、薬を飲み始めて二週間ほどで夫の前から幽霊が姿を消した。

幽体離脱もしなくなった。会議中に息苦しくなり退席することもなくなった。電車や飛行機にも徐々に乗れるようになった。床屋にも行けるようになったけれども、私のバリカンの腕も上達したので、引き続き家で散髪している。

夫は日々の出来事や心の状態をありのまま、恥ずかしがらず私に打ち明けてくれた。職場で自分だけ仲間はずれにされて仕事を押し付けられていること、たまに発作がぶり返して逃走してしまうこと。些細な心身の異変も私に話してくれた。たとえ夫が世間的に間違ったことをして批判にさらされたとしても、私だけは味方でいよう。そう強く思った。

学級が崩壊して心身のバランスがおかしくなっていたあのとき、私は夫に何も話せなかった。私は、ひとりで抱え込むことの限界を知っている。死がまとわりつく苦しみも知っている。他人からは「些細なこと」とか「我慢が足りない」という言葉で簡単に片付けられてしまうことも知ってしまった。渦の中に引きずり込まれたら平常心ではいられないのだ。簡単に「わかるよ」とか「もっと大変な人もいるよ」と言われてしまう絶望感は、経験した人にしかわからないかもしれない。

あのころの私はなんだったのだろうと退職してからもずっと悔やんでいた。でも今、夫が同じ目に遭わないように、自ら死に向かってしまわないように、そばで守ることはできるはずだ。通院させて、栄養のあるものを食べさせて、少しずつ以前の体調に戻せるように助けることができる。無意味なことなんて、きっと何もない。そう思えただけでも、私が死にたい気持ちと向き合った日々は無駄ではなかったと思う。

三十七歳になった。子供相手の仕事に就いて苦しんだはずなのに、また懲りずに教育機関で働き始めた。新たな仕事を探して求人票を眺めるも、自然と経験のある教育現場にばかり目がいった。苦い思いはあっても、最終的にそこが自分の帰る場所なのかもしれない。

心身を悪化させて、まわりに迷惑をかけないよう、臨時教員という形で働くことにした。体調を考えながら半年ごとに契約を更新する。いつでも辞められる。逃げ場を確保する。そんなことを念頭に置いて働くなんて情けないことかもしれないけれど、抱え込みすぎて病んでしまう私には大事なことだった。

その学校は子育て真っ只中にいる四十代や五十代の女性教員が多かった。私くら

い の年齢の既婚者にはもれなく子供がいた。子供の好きな人が集まる職種だから、それは当然かもしれない。だから彼女たちには私の存在が奇異に映るらしい。

「どうして子供いないの？」

「早いほうがいいよ」

「もし悩んでるんだったら病院紹介するよ。絶対産んだほうがいいよ」

「後悔するよ」

すべて親切心からくる言葉だった。

私たちは産まないことにした。産む段階にも行けなかった。ちんぽもろくに入らないまま閉経した。

でも、それらの理由は胸にしまい、「そのとき用」の返答をする。

「持病の薬が胎児によくないので、これ飲んでると子供産めないんです」

事実だが、本当の理由ではない。

「それじゃあ、しょうがないよねえ。かわいそうに」

彼女らはそう言って憐れみ、私を解放してくれた。

私は堂々と病気を盾にするようになっていた。

「あなたや旦那さんが悪いのではない、病気が悪い」と慰めてくれる人もいた。「ありがとうございます」と頭を下げた。産まないのはおかしなことだと思われているのだろう。

私は病気であるということに救われていた。

その職場には四十代で独身の男性教師がいた。子供への暴言をめぐって女性職員のあいだでたびたび話題になっていた。

「あの人どうして子供の気持ちがわからないんだろうね」

「子供がいないからわからないんだよ」

「子育てしていれば簡単にわかることなのにね」

「子育てしてない教師は言うことが薄っぺらいんだよね」

「クラス替えのとき、うちの子の担任が子育てしたことない人だとかなり不安になるもんね」

そういうつもりではないとわかっているが、私や夫のことを言われているようでいたたまれない気持ちになり、その場をそっと離れた。

経験者としての彼女たちの目はきっと正しいのだろう。そうなのかもしれない。けれど、罪もなく言ってしまえることにおそろしさを感じた。彼女たちの顔や声が、いつしか私の母と重なった。

ふと、夫も職場で同じようなことを言われているのではないかと想像して悲しくなった。

「どうして子供つくらないの？」

「あの人、子供いないから人の気持ちがわかんないんだよ」

仕事でたくさんの人と知り合う夫のほうが言われているに違いない。私以上にストレートに訊かれているかもしれない。

しかし、夫はそんな不満を私の前で一度もこぼしたことがなかった。

私たちは、ほかの人から見れば「ふつう」ではないのかもしれない。けれど、まわりから詮索されればされるほど、胸に湧き上がってくるものがある。私たちはふたりで生きていくのだ、そう決めてやってきたのだ、と。

ともに六十代を迎えた両親は、昔とはまるで別人のように穏やかに暮らしている。孫が生まれてから、ふたりは目に見えて変わった。

街なかで小さな子供を見かけても、邪魔くさそうに目をそらしていた父が、孫三人を背中に乗せてはしゃいでいる。孫をゲームセンターに連れて行き、気の済むまで遊ばせている。自分の小遣いを全額孫につぎ込んでいる。

母は信じられないくらい性格が丸くなった。老いて適度に頭のねじが緩んだのか、大雑把になり、いつもにこにこと笑っている。放射状に伸びた棘をあちこちに擦りつけ、長い年月をかけて、ようやくただの丸になれたのだ。

お父さん、お母さんではなく、じいじ、ばあばと呼ばれ、実家の壁にはクレヨンで描かれた似顔絵が飾ってある。足の踏み場もないくらい孫たちの積み木やボードゲームで溢れ、テレビの横にはアニメのＤＶＤが揃っている。もうここは私の知っている実家ではない。歳月とともに父も母も妹たちも、そして家の中も変わっているのに、私だけ同じ場所に立ち、懐かしんだり切なくなったりしている。私だけ大人になりきれていないのかもしれない。

らと笑っていた。

そんな私の胸の内など知る由もなく、母はおまんじゅうを頬張りながら、けらけ

ベトナムから建築の仕事を学びに来たヤンさんという若者が近所に住んでいるらしい。母はその異国の若者の昼食用に、おにぎりを作るのが日課となっているようだ。それだけでは栄養が足りないからと、弁当箱にからあげや玉子焼きを詰めている。最近ではデザートのプリンやゼリーまでつけるサービスぶりだ。

空になった弁当箱を届けに来たヤンさんが、玄関先で「オカーサン、アシタモ、オネガイネー」と屈託のない笑顔でおねだりしていた。背が高くて細身のヤンさんが、その彫りの深い顔の前で両手を合わせて「オネガイ」を繰り返す。母は私に「困ったねえ、ヤンさんいつもこうなんだよ」と笑っていたけれど、その表情はどう見ても誇らしげだ。

そんなやりとりを見ていたら、ふと、母は甘えてほしかったのかもしれない、と思った。私は母に甘えたりわがままを通したりすることはなかったように思う。そんなことをしたら、すぐさま頬を叩かれてしまうからだ。私は幼いながらも学習し、母にそんなことをしてはいけないと思っていた。怒らせないように細心の注意

を払っていた。衝突することを避け、腫れ物に触るようにして距離を置いて接してきた。

私や妹が成長するにつれ、母の心境も少しずつ変わっていたのだろう。孫をあやす母は、どこにでもいるやさしいおばあさんの顔をしている。毒がすっかり抜けて、穏やかな顔で暮らしている。

「あのころお母さんどうかしちゃってたのよね。怒ってばかりだったね、ごめんね」

母は昔を思い返して私に謝るようになった。これも以前では考えられない大きな変化である。

私にも「どうかしちゃってた」時期がある。神経を擦り減らし、ぎりぎりの生活を送っていると、心が壊れてどうかしてしまうものなのだ。そんなことも大人になってわかるようになった。

つらい記憶ばかりが鮮明に残っているけれど、母はヤンさんに注ぐような愛情を持って私のことを育ててくれたはずだ。幼い私にはそのことがわからなかっただけかもしれない。母には過去を思い出してくよくよせずに、目の前だけを見て、にこにこしていてほしい。私もそうする。そうしたい。

信じたくないが三十八歳になってしまった。

これは野生のゴリラの寿命に匹敵するらしい。

私は持病をこじらせて手足が奇妙な角度にひん曲がり、夫はパニック障害で通院を続けている。お互いなかなかの人生だ。

私は臨時教員の仕事をまだ続けている。毎日事件は起こるけれど、あのころに比べれば、取るに足らないことばかりだ。「どん底」を持っているだけで、私は強い気持ちになれる。骨が曲がろうが、夫が精神科に通院しようが、「どん底」よりも格段に幸せである。

思い描いていたような教職の道は貫けなかったけれど、それはそれでいいと思えるようになった。問題行動を起こした生徒に昼夜を問わず対応する夫を見ていると、またパニックの発作をぶり返すのではと心配になり、今では私も手助けに加わっている。

きっかけは、夫が目を掛けていたユウヤだった。家に何も食べるものがなく、スーパーで菓子パンを万引きした男子生徒である。高校のお弁当を用意することができないユウヤに何度かおにぎりを作り、夫を通して渡してもらっていた。ユウヤが無事に卒業したあとも、同じような事情で困っている夫のクラスの男子生徒におにぎりを作り始めた。母のことを笑えなくなってしまった。今の私はヤンさんにおにぎりを渡す母そのものなのだ。やはり母娘。血は争えない。

夫の大事にしている仕事や教え子が、私にとっても同じくらい大事なものになった。炊きたてのごはんの中に、ほぐした焼き鮭を押し込み、「あっつ」と声を上げながら手早く握る。高校生の男の子はおにぎりを何個食べるんだろう、梅干しは好きだろうか、次は玉子焼きもつけてみようか、そんな出過ぎた真似はしないほうがいいだろうか。不意に、私にはそれくらいの年齢の子がいてもおかしくないのだと気が付いた。丸一日何も食べられず、お腹を空かせている子がいる。当たり前のようにいる。こんなにものが溢れた時代なのに。鮭おにぎりを丸めながら、そんなことを考える日が来るなんて思いもしなかった。

夫は長い休みが取れると、相変わらず風俗店のポイントカードを握り締めて旅に出る。昔からそうだったし、この先もそれでいいと思う。スタンプが貯まると指名料が無料になる。あと二個でサービスが受けられる。私が全部知っているということを、夫は知らない。ずっと知らないままでいてほしい。

ちんぽが入らない人と交際して二十年が経つ。もうセックスをしなくていい。ちんぽが入るか入らないか、こだわらなくていい。子供を産もうとしなくていい。誰とも比べなくていい。張り合わなくていい。自分の好きなように生きていい。私たちには私たちの夫婦のかたちがある。少しずつだけれど、まだ迷うこともあるけれど、長いあいだ囚われていた考えから解放されるようになった。

先日、生命保険の女性外交員が家に訪ねてきた。入院するたびにお世話になっている保険会社である。彼女は四十代半ばくらいだろうか。大きな黒い鞄からパンフレットとファイルを取り出し、居間のテーブルの上に慌ただしく広げた。

ひと通り更新の手続きを終えると、彼女は学資保険に入らないかと勧めてきた。子供の進学のための積み立てである。

「うちは子供がいないので結構です」

やんわりと断った。こういうやりとりには、もう慣れている。しかし、彼女は折れなかった。にこやかに微笑みながら突き進んでくる。

「まだまだ大丈夫ですよ。これからできるかもしれないじゃないですか。私も三十八で産んだから、わかるんです。諦めなければ、いつか絶対に授かりますよ。知ってます？　ジャガー横田は四十五歳で出産したんですって。すごいですよねえ。高齢出産だと尚更お金の工面が大変になってくると思うんですよ。で、この学資保険ですと……」

ベテラン外交員らしい手つきで付箋のついたページをスムーズにめくり、説明を始めた。

私、夫のちんぽが入らないのですよ。ほかの人のちんぽは入るのに夫のだけ入らないのですよ。夫もほかの人とはできるらしいのです。そんな残酷なことってあります？

私たちが本当は血の繋がった兄妹で、間違いを起こさないように神様が細工したとしか思えないのです。ちんぽが入らないから学資保険に入れません。いっぱい説明してもらったのに、すみません。後日またお返事を、と言われても、如何せん、ちんぽが入らないのですわ。
子を産み、育てることはきっと素晴らしいことなのでしょう。経験した人たちが口を揃えて言うのだから、たぶんそうに違いありません。でも、私は目の前の人がさんざん考え、悩み抜いた末に出した決断を、そう生きようとした決意を、それは違うよなんて軽々しく言いたくはないのです。人に見せていない部分の、育ちや背景全部ひっくるめて、その人の現在があるのだから。それがわかっただけでも、私は生きてきた意味があったと思うのです。そういうことを面と向かって本当は言いたいんです。言いたかったんです。母にも、子育てをしきりに勧めてくるあなたのような人にも。

私の声、届くだろうか。

子育てのよろこびと学資保険のありがたみ、そしてジャガー横田の逞しさをとうとうと説く保険外交員に、この二十年の物語を捧げる。

あとがき

病気療養で家に引きこもりがちだった一昨年、かつての教え子の名をひとりひとり思い出してはネットで検索するという気色の悪い作業に没頭した。教員時代の出来事は振り返りたくないはずなのに、気が付くと必死に過去を手繰り寄せていた。小学生陸上大会の砲丸投げの記録が出てきた。これは私も関わった大会だ。懐かしい。そんなことを思いながら眺めていたら、ＳＮＳや企業のサイト上で、二十代になった彼らの姿を見つけた。看護師、美容師、ペットショップの店長。みな面影が残っている。よくがんばったね、と胸が熱くなるのと同時に、私は一体何をしているんだろうと思う。何にもなれなくて、検索ばかりうまくなって。

学級崩壊の中心にいたミユキは今どうしているだろう。本当は真っ先に知りたかった。でも知るのは怖かった。思い切って検索欄に名前を打ち込むと、お母さんの隣でお雑煮を食べながら、にかっと笑う年頃の女性がいた。えくぼがふたつあった。宗教団体の関係者が綴る「みんなで年越し」という日記には、ミユキが「開会の言葉」を述べたと書いてある。ほかにも大勢の信者が一緒だった。あんなに団体を恨んでいた彼女も「内側」の人になったのだ。ここに行きつくまで、どんな日々があったのだろう。少しずつ諦めていったのか、それとも希望を見出すことができたのか。

小五のミユキは作文の時間に大暴れをした。「将来の夢」というテーマが許せなかったのだ。「私には将来なんてないんだよ。ほかの子と一緒にするな」と机を蹴り倒し、原稿用紙を引き裂く彼女に、「将来というのは職業だけじゃありません。お母さんとどんな暮らしをしたいか書いたっていいんです」と新たな用紙を手渡すと、じっとマス目を見つめ、それから鉛筆を動かした。そこにはたった一行「お母さんとずっと一緒にいたい」と書いてあった。彼女の夢、ちゃんと叶っていた。どこに所属していてもミユキはミユキに違いない。

夫とは性交を伴わない「安心で清潔な暮らし」が静かに続いている。先日、彼は性病に罹った。言われなくても、スタンプの数が増えていることから、どこで感染したか察しがつく。私は兄の失態を嘆く妹のように「ああ、やだやだ」と言いながら病名や治療法を検索し、海外から薬を取り寄せた。本当に検索だけがうまくなっている。

夫のパニック障害は緩やかに快方へと向かっているが、五年以上経っても「やる気の出るお薬」の服用は欠かせない。斜に構えて挨拶をしない生徒がいると、彼は「やる気の出るお薬飲ませたろか」と脅す。わはは、と笑って逃げる生徒たちは、それが本当にポケットの中に入っていることを知らない。精神を病みながらも働く。その苦しさはわかっているつもりだから、この先もずっと通院に付き添い、ともに病いと向き合っていきたい。

ひとつの家で、男でも女でもない関係として暮らす。他人からは異常に見えるかもしれないけれど、私たちは隣り合って根を張る老木のように朽ちていければ幸せだ。

二〇一四年春、懇意にしてもらっている仲間三人（たか、爪切男《つめきりお》、乗代雄介《のりしろゆうすけ》）と合同誌『なし水《すい》』を製作し、即売会で頒布した。私は「夫のちんぽが入らない」という一万字のエッセイを寄稿した。売れたいとか執筆を仕事にするぞとか、そんな大それた動機ではなく、面白い文章を書く仲間に認めてもらいたくて、ただ自分の恥を全力で晒しにいった作品だった。三人にウケればそれで満足だった。しかし、こんなどうしようもないタイトルにもかかわらず、ネット上でじわじわと広がり、今回まさかの書籍化となった。

本作は同エッセイを大幅に加筆修正したものである。さすがにこの題名で世に出すのは難しいだろうと思っていたが、編集者の高石智一さんに「このタイトルが良いんです。最高のちんぽにしましょう」と力強く言われた。何があってもこの人に付いて行こうと決めた。タイトルの猥褻さを見事に消し去り、美しく繊細な「ちんぽ」に仕上げて下さったデザイナーの江森丈晃さん、業務の枠を超え、いつも明るく励まして下さった販売部の宮崎三樹さん、そして高石さんと繋がるきっかけを作っていただき、本作にもたくさんのアドバイスを下さったまんしゅうきつこさん。この本を通して、みなさんと関わることができ、私はとても幸せだった。おかげで、あの春の即売会の熱が、私の中でずっと続いている。

私が同人誌や商業誌で執筆していることを夫や両親は知らない。もちろん、この本が出版されることも。昔から身近な人には大事なことを言えなかった。私が床に臥し、もう限界だというとき、この本を家族に差し出そうと思っている。ここには伝えられなかった思いが全部詰まっている。だから、その日まで大事にしまっておきたい。

最後に、原作を愛読して下さった方、この本を手に取って下さった皆さま、そして、いつか目にするであろう私の夫に、心から感謝します。

こだま

Special Thanks to
A4しんちゃん
けつのあなカラーボーイ

特別収録　文庫版エッセイ
「ちんぽを出してから」

いきなりだが、下ネタが苦手だ。

こんな本を出しておいて何を言う、と思われるかもしれないけれど、子供の頃から、そういう言葉を一度も発しないまま大人になった。性に関して潔癖な家庭だった。

だから「ちんぽ」なんて、とんでもない。

「あなたは将来『夫のちんぽが入らない』という私小説を出す。そして世間からかなり怒られる」

高校生の私にそう伝えたら、ショックのあまり自害してしまうかもしれない。

二〇一四年五月、同人誌で『夫のちんぽが入らない』という短いエッセイを書き、二〇一七年一月、それを元に大幅加筆修正した同タイトルの私小説を出版した。

その三文字から程遠いところにいた私が、この四年間ずっと「ちんぽ」と言い続けている。「ちんぽ」のことを一日たりとも忘れたことがない。寝ても覚めても「ちんぽ」の行く末ばかり考えている。

満席の居酒屋で「ちんぽにサインしてきました」「ちんぽのカバーいいですよね、お上品で」などと当たり前のように言ってしまう。ちなみに、関係者はこの本を「ちんぽ」と略す。よりによって、その三文字だ。なんなんだ「ちんぽのお上品なカバー」って。下ネタは頑《かたく》なに言わないのに「ちんぽ」だけ言う。病気かもしれない。

「なぜ『ちんちん』や『ちんこ』ではなく『ちんぽ』なんですか？」

出版後、そう訊《き》かれることが多い。

この夫婦間の性問題を語るには、どうしても作中で男性器名を書かなければいけない。核となる問題だから何度もしつこく出てくる。「夫のアレ」などと変にぼかすのは、かえってむずむずする。「夫の男性器」では文章が重い。いっそ一番ありえない表現がいいんじゃないか。自分が絶対に使用しない単語がいい。

そうして行き着いたのが「ちんぽ」だった。

これからは一律「ちんぽ」でいかせてもらいます。この本ではそういう決まりにさせてもらいます。恥ずかしがっていてはこの話を書けないのです。

タイトルに持ってきたのは、そんな決意表明でもあった。どう思われてもかまわないと覚悟を決めるための儀式だった。

担当編集の高石さんは、この本の「最初の読者」として、こんな意見を下さった。

「『普通じゃなくていい』と伝える本なんだから、タイトルだって『普通』や『常識』に囚《とら》われなくていい」

気持ちが揺らいだときは、この一言を思い返した。変な目で見られたとしても、卑下《ひげ》することはない。堂々としていようと誓った。

完全に余談であり、主観なのだが、「ちんちん」と「ちんこ」は小さい印象がある。子供っぽさを感じる。それに比べて「ちんぽ」は大きい。堂々としているように思う。主観だ。「ぽ」という響きはどこか間が抜けている。性交がうまくいかない私たちに合っているような気がした。そして、「チンポ」ではなく「ちんぽ」のほうが温かみを感じる。これもまた主観だ。

「入らない」という悩みや苦しみは私たち夫婦だけのものだと思っていた。誰にもわかってもらえないと思い込んでいた。

学生時代は雑誌や人体にまつわる本を片《かた》っ端《ぱし》から読み、どこかに知恵が転がってないか血眼《ちまなこ》になって探した。残念ながら見つからなかった。就職し、インターネットが普及するころには調べることを放棄していた。繋がらない関係でも私たちは充分仲が良いではないか。そんな思いと同時に、膨大な事例の中から答えを見つけ、自分の心身の異常さが浮き彫りになることを恐れていたのかもしれない。

私が悪いんだ。私のせいだ。

そう考えることで自分を納得させた。私にはそれが一番楽だったのだ。

病院へ行くという考えは一切浮かんでこなかった。この本を出して初めて「そうか、こういうときは病院なのか」と気付くくらい、私にとって意外な方法だった。それすら思いつかないほど追い詰められていたのだと思う。誰にも話すことができなかった。

そんな愚かな私に「書いてくれてありがとう」と言って下さった人もいる。読者の中には、私たち夫婦と似た境遇の人も少なくなかった。「入らない」ことに悩む恋人や夫婦は私たちだけではなかったのだ。彼らもまた「同じ悩みを持つ人がいたなんて知らなかった」「自分の物語だと思いながら読んだ」と驚いていた。

誰にも相談できず苦しんでいた人、治療で改善した人、病院で診《み》てもらったが解決には至らなかった人、心因性と診断された人、別れを決めた人。実にさまざまだ。

だが、根底にある「どうして私たちだけ」という切実な思いは同じだった。その一字一句に、かつての自分を重ねながら読んだ。

「入らない」という問題を表に出してくれてありがとう。孤独から解放してくれてありがとう。セックスがすべてではないと教えてくれてありがとう。人とうまくかかわることができない気持ちを言葉にしてくれてありがとう。そのように感謝されるなんて思いも寄らなかった。

私はこの話を壁に向かってひたすら書いていた。ずっと誰にも打ち明けることができなかったから、自らの思いの捌《は》け口《ぐち》にした。「もっと読みたい」と言って下さった担当編集者への長い長い手紙だと思って書いていた。

そこに誰かの考えを変えたいとか、役に立ちたい、救いたいという気持ちは含まれていなかった。それは驕《おご》りだと思う。個人的な性の話を書いたつもりだったけれど、読み手がそれぞれの「性と生」の物語へと深めてくれた。

当然、厳しい意見もいただいた。

胸くそ悪い。暗い自分語り。タイトルで話題になっただけ。こんな本は最低だ。死ね。救いのない話。気持ち悪いのでメルカリで売りました。捨てました。非難の声も実にバラエティに富んでいた。批判の域を超え、単なる誹謗《ひぼう》中傷も多かった。

私はこういった世間の声にくじけ、何も書けなくなってしまうだろうと思っていた。「今後は批判されないように書いていこう」と萎縮《いしゅく》するだろう。そのことを一番恐れていた。

だが、意外なことに、発売から一年半を経ても私は挫折していない。むしろ、以前よりも確実に気持ちが強くなっている。うんと前向きで、開放的になっている。「ちんぽ」を出したことで、自分を覆《おお》っていた厚い殻《から》を割ることができたのかもしれない。

追い詰められたときにおかしな方向に逃げ出す人がいる。黙って立ちすくむ人もいる。真正面から闘う人もいるし、声を上げて助けを求める人もいる。どの道にも、その人なりの理由がある。本を批判する人にも、その人の譲《ゆず》れない「正義」がある。

別に共感しなくていい。どちらが正しいか白黒つけなくていい。そういう人も存在する、と知るだけで充分ではないか。せめて自分と違う選択を頭ごなしに否定しない人間でありたい。自戒を込めて、そう強く思った。

そもそも、そういうテーマの本なのだ。

実体験を書き、賛否さまざまな声が自分の元に返ってくる。家に帰るまでが遠足だというけれど、忠告も罵声《ばせい》も応援も全部受け取って、また次の地点を目指して歩き始めるところまでが「ちんぽ」の物語となった。

性行為を避けて暮らすようになったのは「入らない」以外に、私の病気が重くなってきたからだ。夫は「病気の人をいじめている気分になる。もうできない」と言った。正直な言葉だと思った。

私にとって性行為は「しなければいけないもの」だった。夫だけでなく、誰に対してもそう感じていた。

私は「性」の面で夫を不幸にしてしまった。だから、それ以外の部分で巻き返したい。夫を困らせている精神疾患、仕事の重圧、亀裂の入っている彼の実家の家族関係。そのすべてを取り除きたい。性以外では寄り添いたい。そう思いながら暮らしている。

こんな夫婦はおかしいのだろうか。

ずっと葛藤していた。けれど、他人に判断を委《ゆだ》ねる必要はないのだ。私と夫の問題なのだから。

「いまのままで何も不自由ない」と夫は言った。

私の病気が悪化し、子供を生むのが難しくなったころだったと思う。

その言葉がすべてではないか。

私たちは不運だったかもしれないけれど、決して不幸ではない。

私はなぜ子供を持ちたいと思えなかったのだろう。

本を出したあともずっと考えていた。

「子供をほしくない」と家族の誰にも正直に言えなかった。それは、悪いことだと考えていたからだ。なぜ悪いと思うのか、突き詰めて考えたりしなかった。

とにかく子供を生まなきゃ。生まなきゃ。生まなきゃ。

必死で自分に言い聞かせていた。

子供を持ちたくない原因を辿《たど》ると、自分の精神的な問題に行き着いた。

私は、私のことを一度も好きになったことがなかった。生まれてこのかた、自分の心も容姿も「醜《みにく》い」と思って生きてきた。親がそう言うのだからそうなのだろうと思っていた。だから、自分を責めてばかりいた。

この好きになれない身体から出てくる子供を、好きになれる気がしなかった。自分自身を痛め付けたように、子供にも同じことをしてしまうだろう。

そんな考えや映像が頭から離れてくれない。

子供のことだけではない。あらゆる物事に対して、踏み出す前から強い不安に襲われてしまう。ひどいときには動悸《どうき》で身動きが取れなくなる。それは小さいころから変わることのない気の弱さだと思い込んでいたけれど、どうやら心の病《やまい》らしい。同じ悩みや苦しみを持つ人たちから「通院で楽になりますよ」「人とかかわるときの苦痛が減りましたよ」と教わったのだ。四十代のいまになって、である。

これも「ちんぽ」の収穫だ。

私はこれからの生き方を考えるようになった。

先日、そのことを夫に打ち明けることができた。

日曜の夜だった。台所にふたりで並び、焼きそばを作っていた。私がピーマンや豚のバラ肉を切り、夫がフライパンをガスコンロにかけていたときだ。

いま言おう。

いまなら夫の顔を見ずに言える。

まな板の上に視線を落とし、呟《つぶや》いた。

「私、病院に行こうと思ってる」

「病院？」

「精神の病院」

「どういうこと？」

「ずっとずっと前から私もう駄目になってた。いままで大丈夫なふりをしてきたけど、子供のころから駄目だったのかもしれない。これは自分の性格だと思っていたけど、どうやら違うみたい。病院に行って、薬をもらって、楽になりたい」

「俺のせいでそうなったの？　キジトラ？」

「もしかしてカサンドラって言いたいの？　違うよ」

本気で間違えたらしい。キジトラは我が家の猫である。むしろ、なりたい。

カサンドラ症候群。アスペルガー症候群を抱える人の配偶者や家族らに生じる心身の不調だ。

夫はきちんと検査を受けたわけではないが、かかりつけの精神科医から「アスペルガーの〝気〟もある」と言われたことを気にしているのだ。

確かに夫は人の気持ちを汲《く》むのが苦手で、思ったことをはっきり言ってしまう。ぽっちゃり気味の女性に「太っていますね。普段何を食べているのですか？」と真顔で訊いてしまう。悪意がないどころか、男女問わず太っている人が好きなのだが、そんな事情を知ったところで許されまい。

「どんなに気になったとしても人の外見を指摘してはいけないよ」「じろじろ見ないんだよ」と、そのつど教えてきた。

夫のそんな一面が嫌かというと、全く違う。「ありえない」ことだらけの彼を面白いと思っている。わかった上で結婚したのだ。

問題は自分の中にある。もっと根源的なものだ。

「あんたはのん気だ。悩みもない」と、夫は私をからかう。羨《うらや》ましげに笑う。

私はかなり楽天的な人間に見えるらしい。そう言われたらそんな気もして、夫や家族の前ではずっとへらへらしてきた。不安を口に出すことも滅多になかった。ひょうひょうと生きているふりをしていたら、いつかそうなれるんじゃないかと思っていた。

夫がパニック障害で塞《ふさ》ぎ込《こ》むようになってからは、尚更「ひょうひょう」に徹した。私はそんなことでいちいち打撃を受けないのだ。平然と日常をこなすのだ。そう言い聞かせながら、夫の病院を手配し、どうすれば夫が安心して生活できるのか、本やインターネットでたくさん調べた。一緒に深刻な顔をして落ち込みたくなかった。あなたが駄目になってしまっても、私が働くし、私が何とかする。夫には笑ってもらいたかった。

けれども、そんな自分を保つのも限界が来ていることに気付いた。

時間がかかったけれど、先日ようやく心療内科の予約を入れた。

この文庫本が出るころには、苦しさの「源」が見つかり、いまよりも少しだけ楽に息を吸えているかもしれない。

変化といえば、もうひとつ。最近、休暇を取った夫と網走《あばしり》監獄へ出かけた。本文にも登場する最果ての文化財建造物だ。

この地には格別の思いがある。三十五歳の真冬に訪れ、「もう私たちに性行為は、いらない」と、はっきりわかったのだ。雪に閉ざされた底冷えする舎房の鉄格《てつごう》子《し》の向こうに、性を置いてきたのだ。

真夏の監獄は、ひまわりや蓮《はす》の花々に囲まれていた。舎房の窓は開け放たれ、長い通路を風が吹き抜けていた。どこからか迷い込んだカラスアゲハが光の中をひらひらと舞い、ここは楽園かと勘違いしそうになった。

そう感じたのは、季節のせいだけだろうか。苦《にが》くて忌々《いまいま》しい記憶が蘇らないのは、あの日の「決別」を悔いていないからかもしれない。いまの私たちの関係でいい。この再訪はそんなことを教えてくれた。

二〇一六年十月、出版に先駆けて見本本を読んで下さった雨宮まみさんから感想をいただいた。

「一生に一度しか書けない文章っていうのがあって、これはまさにそれなんだけど、それを書いちゃったら終わりかっていうと、書いたら次も書ける。びびって書かない人は、ずっと何も書けない」

　また、こうも言って下さった。

「こだまさんは何をされても大丈夫ですよ。絶対大丈夫です。いい文章書いて下さい」

「次も書ける」は正直なところ、当時ピンと来なかった。

　本当にそう思える日が来るのだろうか。疑心暗鬼だった。

「ちんぽ」を出した私は、溜《た》め込んだものを出し切り、抜け殻になっていた。恥ずかしい部分を全部見せてしまった。もう自分の中に語りたいことが見つからない。小出しに書いていけばよかったんじゃないか。そんな後悔をしていた。

　雨宮さんの言葉が心に深く沁《し》みたのは、次作『ここは、おしまいの地』というエッセイの書籍化が決まったとき。もう駄目だと思っていたのに、ちゃんと書けた。それどころか、以前よりものびのびと書けるようになっていた。

こんなことを書いたら批判されるんじゃないか。そうやって世間の目を気にする自分は、もういない。以前よりも身体が軽くなっていた。「次も書ける」は本当だったのだ。

次も書ける、次も書ける。

私は呪文のようにこの先も言い続けるだろう。

前例のないタイトルにもかかわらず、単行本は扶桑社のみなさんの強い後押しにより出していただいた。さらに、ゴトウユキコさん作画で漫画化、タナダユキさん演出によるドラマ化という、全く想像もしていない展開が待っていた。

そして、このたび版元をまたぎ、講談社での文庫化となった。「作品をより多くの人に読んでもらうために」という決断だった。

「作品のため、作者のため」そう言って下さる担当編集の高石さんは針のむしろに座っているのではないか。そのことを思うと、どうしたってこの本のために私も全力を注ぎたい。最後まで一緒に「ちんぽ」を小脇に抱えて走りたい。

装丁は単行本に引き続き、江森丈晃さん。やさしい光、やわらかな題字。絶妙だ。完全なる「ちんぽ」の使い手と化し、美しい「ちんぽのカバー」をプレゼントして下さった。

そして、文庫化に向けて熱心に動いて下さった講談社の水口来波さんに心から感謝いたします。どうもありがとうございます。


読んで下さった人、励まして下さった人、作品を世に出すことのおもしろさを教えて下さった人。その方々の存在が私を前に進めてくれた。無闇《むやみ》に落ち込んだり、いい気になったりせず、書くことに淡々と向き合えている。

私は文章を書いているときの自分を好きだなと思えるようになった。自分を好意的に受け止めることができたのは、生まれて初めてだった。

それが「ちんぽ」を出した私の最大の変化である。

二〇一八年八月　こだま

解説　ちんぽの御利益《ごりやく》

末井　昭（エッセイスト、編集者）

こだまさんのおもしろいところは、フツーを装《よそお》いながら、フツーから大幅にズレているところだと思います。

こだまさんが書いたちんぽの物語は、〝私〟が東北の地方都市にある大学に通うため、その町の双葉荘というトイレ、シャワーは共有の古いアパートに引っ越してくるところから始まります。

若い女性が住むには、あまりにも……な感じもしますが、同居していたお祖母さんと管理人さんが似ているということで、その部屋に決めます。

この管理人のおばあさんが同じ屋根の下にいるのなら、ここに住みたい。間違いない。その直感を信じて即決した。

この部屋の決め方がすごく素敵です。

現在《いま》のフツーの若者は、自分の直感なんか信じていません。というか、信じようにも自分の中に直感なんかないから、すべて合理主義で決めます。こういうときは、部屋の状況、設備、家賃、どんな人が住んでいるかなどを考慮して、たいていは他の物件も見に行って、借りるか借りないかを決めます。管理人さんの人間性は、フツーは条件に入りません。

古びたアパートだから、マンションのように外界ときっちり遮断されているわけでもなく、ルーズに外側と繋がっています。半開きになっていたドアの隙間から、知らない青年がひょいと顔を覗かせ、組み立て中だったカラーボックスをあっという間に完成させてくれます。

初対面の男がいきなり自分の部屋に入って来たら、フツーは出て行ってもらいます。いきなり女性の部屋にズカズカ入って来る男も、やはりフツーではありません。

フツーの人には、人に対する遠慮と警戒心があります。それがまったくないのが田舎のおばあちゃんで、地方を旅行していると、初対面でも昔からの知り合いのように声を掛けてくれることがあります。そういうときホッとするのは、人と人のバリアを意識することに疲れているからかもしれません。この二人は、田舎のおばあちゃんに似ています。

私は入居した日に最初に声を掛けてくれた青年と、のちに結婚することになる。

同じ大学に通うその青年と付き合いが始まり、ついにちんぽを入れる日がやって来ます。

でん、でてん、でん。
まるで陰部を拳《こぶし》で叩かれているような振動が続いた。

拳で叩かれるというより、祭りの太鼓のようです。入らないのです。

いきなりですが、祭りといえばちんぽです。

愛知県小牧《こまき》市の田縣《たがた》神社豊年祭を例に取れば、男たちが大男茎形《おおおわせがた》と呼ばれる巨大な木造男根の神輿《みこし》を担いで町を練り歩きます。巨大な男根は神に奉納するものなのです。

これは神聖なもの、入れるべきものではないのかもしれないと〝私〟は思った。と、勝手に話を変えてはいけませんが、その後何回か試すものの、やっぱり入らないままです。

「どうしてだろうね」と言っては手や口で出す日が続いた。私にできることはそれくらいしかない。農作業のようであった。

奉納物を大事にお祀りする農民のような印象があります。その大男茎形から御利益を授かるのは、まだまだ先のことです。

大学を卒業した"私"は、隣県の海辺の町で、小学校の教員として働くことになります。その県には、一年前に来て高校の教員をしている彼がいます。

そして、ほどなくして私は、このちんぽが入らない人と結婚した。

フツーの人たちは結婚すると子供を産むのが当然、産むのが正義のように思っています。〝私〟は、同僚や保護者や子供までから「赤ちゃんいつ産むの？」と訊《き》かれるようになります。フツーの人たちは世間の価値判断で無意識のうちに人を苦しめます。〝私〟は、「みなさん、先生は夫のちんぽが入りません」と大声で言い放ち、和やかな空気を一瞬で凍りつかせたい衝動に駆られます。

僕はもともと子供が嫌いでしたが、そのことを大っぴらには言えませんでした。子供が嫌いというだけで非難されそうだったからです。

妻が四十を越した頃、不妊治療をしました。しかし人工授精が成功しなかったので、自分の精子を調べてもらうため、不妊治療を行っているクリニックへ行きました。

名前を呼ばれ診察室に入ると、前もって採取した僕の精液を、医師が顕微鏡で見ていました。精子が動いている映像がモニターに映し出されています。「どうですか?」と訊くと、やや間があって、「うーん、動きがにぶいね」と言いました。僕は五十を過ぎていたので、精子高齢化になっていました。

僕自身、子供がほしかったわけではないのですが、妻がほしがっていたし、妻には子供がいた方がいいとも思っていたので、「動きがにぶいね」は「ちんぽが入らない」ぐらいショックでした。「子供はいた方がいいわよ」と義母に言われたことがありますが、そのとき僕も叫びたかったかもしれません。「僕の精子は動きがにぶい!」と。

〝私〟はもっと経験を積みたいと、四年間勤めた小学校を出て、新しい小学校に異動します。そこから〝落日〟のように、気持ちがどんどん沈んでいきます。

学級崩壊が起こり、眠れない日々が続き、憔悴《しょうすい》し、ついには死ぬことまで考えるようになります。そして、普段なら考えもしなかったことをします。インターネットの掲示板を通して、名前も知らないおじさんたちと逢うようになるのです。

何の繋がりも信頼もない薄っぺらい関係が、そのときの私にはちょうどよかった。ただの身体だけという軽薄さに、私はずいぶん救われてしまった。

〝私〟が逢う人たちは、どこか精神を病んでいるような人もいました。

おもしろかったのは、〝私〟がアリハラさんという人と二人で山に登るところです。山でセックスをするのかと思って読んでいると、アリハラさんは山頂で、山を見ながらひとりちんぽをしごくのでした。その白いお尻を見ている〝私〟。天体観測ならぬ変態観察。

皮肉なことに、〝私〟が学校を辞めることになったら、学級崩壊を起こした子供たちとの信頼関係が生まれます。夫とはちんぽが入らない代わりに、精神的結びつきが強くなっていきます。

ちんぽが入らない人と交際して二十年が経つ。もうセックスをしなくていい。

ちんぽが入るか入らないか、こだわらなくていい。子供を産もうとしなくていい。誰とも比べなくていい。張り合わなくていい。自分の好きなように生きていい。私たちには私たちの夫婦のかたちがある。少しずつだけれど、まだ迷うこともあるけれど、長いあいだ囚われていた考えから解放されるようになった。

このちんぽの物語を書いたことで、〝私〟ことこだまさんは、本当に解放されたのではないかと思います。書くことは自分を客観視してさらけ出すことです。さらけ出すことによって、心に刺さっていた棘《とげ》が抜けるのです。

こだまさんは作家の道を歩み始めます。フツーからズレていることが自分を苦しめていても、文章を書く人にはそれが利点になります。ズレている人が書く文章の方が、絶対おもしろいに決まっているからです。こだまさんは、作家になるべくしてなったのだと思います。

僕たち夫婦も、こだまさんと同じように子供がいません。子供がいないからこそ、二人が向き合うことができるので、いまではいなくてよかったと思っています。

写真家だった妻は、いまは映画をつくっています。僕はぼちぼち文章を書いています。お互い死ぬまで、表現することに携わりながら、好きなように生きて行きたいと思っています。この本を読んで、さらにその気持ちを強くしました。

さて、ちんぽの御利益の話ですが、言わずもがな『夫のちんぽが入らない』という本になり、それが話題になり、漫画になり、実写化も決まり、こうして文庫本にもなりました。

二冊目の本『ここは、おしまいの地』は、第三十四回・講談社エッセイ賞を受賞しました。これからもおもしろい作品を書いてほしいと思いますが、気になるのはそれがいつ家族にバレるのかということです。バレても全然問題ないと思うのですが、こだまさんはいつまで素顔を公《おおやけ》にしないで、フツーの人を演じ続けるつもりなのでしょうか。

本書は二〇一七年一月、扶桑社より刊行されたものです。

|著者| こだま　主婦。2017年1月、実話を元にした私小説『夫のちんぽが入らない』（扶桑社）でデビュー。たちまちベストセラーとなり、「Yahoo!　検索大賞2017」小説部門賞受賞。同作は漫画化（ヤンマガKCより発売中）され、連続ドラマ化（2019年Netflix・FODで配信予定）も決定し話題に。二作目のエッセイ『ここは、おしまいの地』（太田出版）で第34回講談社エッセイ賞、さらに昨年に続き、本作で「Yahoo!　検索大賞2018」小説部門賞受賞。現在、「Quick Japan」、webマガジン「キノノキ」で連載中。

夫《おっと》のちんぽが入《はい》らない

こだま

2018年9月14日第1刷発行
2018年12月17日第5刷発行

発行者——渡瀬昌彦
発行所——株式会社　講談社
東京都文京区音羽2-12-21　〒112-8001
電話　出版（03）5395-3510
　　　販売（03）5395-5817
　　　業務（03）5395-3615

Printed in Japan

講談社文庫

定価はカバーに
表示してあります

デザイン—菊地信義
本文データ制作—講談社デジタル製作
印刷———大日本印刷株式会社
製本———大日本印刷株式会社

ISBN978-4-06-512970-8

講談社文庫刊行の辞

二十一世紀の到来を目睫に望みながら、われわれはいま、人類史上かつて例を見ない巨大な転換期をむかえようとしている。

世界も、日本も、激動の予兆に対する期待とおののきを内に蔵して、未知の時代に歩み入ろうとしている。このときにあたり、創業の人野間清治の「ナショナル・エデュケイター」への志を現代に甦らせようと意図して、われわれはここに古今の文芸作品はいうまでもなく、ひろく人文・社会・自然の諸科学から東西の名著を網羅する、新しい綜合文庫の発刊を決意した。

激動の転換期はまた断絶の時代である。われわれは戦後二十五年間の出版文化のありかたへの深い反省をこめて、この断絶の時代にあえて人間的な持続を求めようとする。いたずらに浮薄な商業主義のあだ花を追い求めることなく、長期にわたって良書に生命をあたえようとつとめるところにしか、今後の出版文化の真の繁栄はあり得ないと信じるからである。

同時にわれわれはこの綜合文庫の刊行を通じて、人文・社会・自然の諸科学が、結局人間の学にほかならないことを立証しようと願っている。かつて知識とは、「汝自身を知る」ことにつきていた。現代社会の瑣末な情報の氾濫のなかから、力強い知識の源泉を掘り起し、技術文明のただなかに、生きた人間の姿を復活させること。それこそわれわれの切なる希求である。

われわれは権威に盲従せず、俗流に媚びることなく、渾然一体となって日本の「草の根」をかたちづくる若く新しい世代の人々に、心をこめてこの新しい綜合文庫をおくり届けたい。それは知識の泉であるとともに感受性のふるさとであり、もっとも有機的に組織され、社会に開かれた万人のための大学をめざしている。大方の支援と協力を衷心より切望してやまない。

一九七一年七月

野間省一

講談社文庫　目録

酒井順子　結婚疲労宴
酒井順子　ホメるが勝ち!
酒井順子　負け犬の遠吠え
酒井順子　その人、独身?
酒井順子　駆け込み、セーフ?
酒井順子　いつから、中年?
酒井順子　女も、不況?
酒井順子　儒教と負け犬
酒井順子　こんなの、はじめて?
酒井順子　金閣寺の燃やし方
酒井順子　昔は、よかった?
酒井順子　もう、忘れたの?
酒井順子　そんなに、変わった?
酒井順子　泣いたの、バレた?
酒井順子　気付くのが遅すぎて、
佐野洋子　嘘ばっか〈新釈・世界おとぎ話〉
佐野洋子　コッコロから
佐川芳枝　寿司屋のかみさん うまいもの暦
佐川芳枝　寿司屋のかみさん 二代目入店

笹生陽子　ぼくらのサイテーの夏
笹生陽子　きのう、火星に行った。
笹生陽子　世界がぼくを笑っても
佐伯泰英　変《へん》化《げ》〈交代寄合伊那衆異聞〉
佐伯泰英　雷鳴〈交代寄合伊那衆異聞〉
佐伯泰英　風雲〈交代寄合伊那衆異聞〉
佐伯泰英　邪宗〈交代寄合伊那衆異聞〉
佐伯泰英　阿片〈交代寄合伊那衆異聞〉
佐伯泰英　攘夷〈交代寄合伊那衆異聞〉
佐伯泰英　上海〈交代寄合伊那衆異聞〉
佐伯泰英　黙《もっ》契《けい》〈交代寄合伊那衆異聞〉
佐伯泰英　御《お》暇《いとま》〈交代寄合伊那衆異聞〉
佐伯泰英　難航〈交代寄合伊那衆異聞〉
佐伯泰英　海戦〈交代寄合伊那衆異聞〉
佐伯泰英　謁見〈交代寄合伊那衆異聞〉
佐伯泰英　交易〈交代寄合伊那衆異聞〉
佐伯泰英　朝廷〈交代寄合伊那衆異聞〉
佐伯泰英　混《こん》沌《とん》〈交代寄合伊那衆異聞〉

佐伯泰英　断絶〈交代寄合伊那衆異聞〉
佐伯泰英　散《ざん》斬《ぎり》〈交代寄合伊那衆異聞〉
佐伯泰英　再会〈交代寄合伊那衆異聞〉
佐伯泰英　茶葉〈交代寄合伊那衆異聞〉
佐伯泰英　開港〈交代寄合伊那衆異聞〉
佐伯泰英　暗殺〈交代寄合伊那衆異聞〉
佐伯泰英　血脈〈交代寄合伊那衆異聞〉
佐伯泰英　飛躍〈交代寄合伊那衆異聞〉
沢木耕太郎　一号線を北上せよ〈ヴェトナム街道編〉
佐藤友哉　エナメルを塗った魂の比重〈鏡稜子ときせかえ密室〉
佐藤友哉　水没ピアノ〈鏡創士がひきもどす犯罪〉
佐藤友哉　クリスマス・テロル〈invisible×inventor〉
櫻田大造　「優」をあげたくなる答案・レポートの作成術
佐川光晴　縮んだ愛
沢村凜　タソガレ
佐野眞一　誰も書けなかった石原慎太郎
佐野眞一　津波と原発
佐藤多佳子　一瞬の風になれ 全三巻
笹本稜平　駐在刑事

2018年9月15日現在